第５回「西の正倉院 みさと文学賞」作品集

kraken
LABO

第5回

西の正倉院 みさと文学賞

作品集

「西の正倉院 みさと文学賞」実行委員会・編

西の正倉院みさと文学賞5周年の節目を迎えて

美郷町は、約92％が山林である。その豊かな森の中で息づく人々の鼓動。今、美郷町は、一人ひとりの幸せと地域の課題解決を重ね合わせ、地区別定住戦略として町民総ぐるみで取り組んでいる。過疎化、少子高齢化、人口減少など構造的な課題を背景として、その道のりは、決して平坦ではないが、今よりよりよく生きていこうとする術は、目の前の問題に立ち向かうしかないと考えている。

西の正倉院みさと文学賞が創設されて5周年を迎えた。この記念すべき節目に２０２２年11月、公開シンポジウムと特別講演会が開かれた。２部構成で第１部は「郷土の『物語資源』は、地域創成・活性化の新たな原動力と成りうるか」をテーマに中村航氏（小説家・みさと文学賞審査員長）伊藤一彦氏（歌人・文学者）井上果子氏（宮崎大学地域資源創成学部准教授）さらだたまこ氏（東京作家大学学長）鈴木収春氏（クラーケンラボ編集長）藤本茂氏（美郷文芸の会代表）、ファシリテーターが甲斐かおり氏（フリーライター）で、これまでの文学賞の取り組みを柱に有意義な意見が交わされた。第２部は、「塞王の楯」で第１６６回直木賞を受賞した今村翔吾氏の講演であった。会場は、香り豊かな文学的熱気に包まれた。美郷町の人口規模でこのような文学賞を運営するのは稀であるとの今村氏のコメントは有り難かった。小さくともキラリと光る地域。これまで曲がりなりにも一貫して求めていたものが報われた思いであった。

先だって6月には、入賞作品のコミカライズとして「唄をうたひて 薄幸の歌（原作は悠井すみれさんの「唄をうたひて」。第2回みさと文学賞優秀賞受賞）漫画監修・里中満智子氏で完成して話題となった。生前の小野葉桜は、運の悪い一表現された。天上の葉桜自身、今の状況をどのような思いで見ているか知る由もないが、葉桜活動に携わる者たちにとって、記念碑的な一冊となったことは、この上なく貴重である。

西の正倉院みさと文学賞創設の直接・間接の動機となった百済王伝説を具現化する師走祭りが今年1月、コロナ感染対策上、一部縮小したものの、ほとんど従来どおりで行われた。禎嘉王と智王の親子が年に一度再会する師走祭り。海を越え、藩を跨がって行われ引き継がれた祭りで、年ぶりであった。「上りまし」の「迎え火」。5メートルの櫓24基が灰色の煙を巻き上げながら天に向かう火柱は、広がる田んぼ一面を照らし出しながら、闇の大きさも浮かびあがらせて、多くの参拝者を魅了した。祭りは「下りまし」（おさらば）と言われるお別れで3日間の幕を閉じた。

人々が守り繋いだ伝統に、新たな息吹を注ぎながら、紡いでいく師走祭り。この連綿と続いた師走祭りに関連してできあがったのが西の正倉院。この西の正倉院を冠して本町の様々な物語資源に光をあて創設された文学賞。過去から現在そして未来へ、受け継ぎ、つながり、かかわってこそ、新たな風景が広がってくる。今生きている私たちの手中には、いつもバトンが握られているのである。

宮崎県美郷町

目次

人　小野葉桜の
が監修・伊藤一　物
「薄幸の歌人

佳作

総評

作家
中村航

「みさと文学賞」は美郷町の持つ物語性を、小説を使って表現しようとする試みだ。第五回となる今回は、物語性の横への広がりとともに、縦への深まりを感じた回だった。つまり過去作品と似たテーマや同じモチーフであっても、文学性やエンターテイメント性が増している。作者の題材を深掘りする力や想像力に驚かされることが多かった。

今回、大賞に選ばれたのは「かざのもりびと」だ。作者がこの小説を書いた一番の仕掛かりは、「若い頃の行基が禎嘉王に会った」という歴史のＩＦだろう。しかしこれは、行基や禎嘉王の行動や心情を描いた作品ではない。現代に生きる我々が、その歴史ミステリーを追うわけでもない。行基の弟子である顕聖が、師匠の幻を追って旅し、碧比古と出会い、その謎を知っていく物語だ。

確かでもあり幻のようでもある禎嘉王の伝説と、この小説の方法は見事にマッチしていた。顕聖と碧比古のじりじりするような心情や言葉のやりとりもたまらない。最後に、顕聖は自分の旅の意味を知り、碧比古の元を去っていくのだが、熱くて感動的な作品だった。

審査員特別賞の「王の犬」は、まず王の犬という題材が素晴らしかった。王の犬・緋緞は普通の犬ではない。人間よりもプライドが高く頑固で、王以外の人間には懐いたりしない。というより王にも懐いているわけではない。百済の王族の悲劇とともに、その犬が最後に見せる疾走は、涙を誘う。

優秀賞（日本放送作家協会賞）についての詳しい選評は他に譲るが、こちらも題材がユニークで、河童とドンタロさんの組み合わせの妙があった。

最後に佳作の六作品について、スペースの許す限り触れる。

「金の飴」は百済の養蜂がモチーフの作品で、読み応えがあった。史実との整合性や、ラストの都合良さなど弱点もあったが、本質的には佳作に留まるような作品ではないと思った。蜂という切り口で、これだけの世界観を描けたのは見事だと思う。「靴が鳴る」は心温まるホームドラマで、神楽を踊る女性が魅力的だった。「雲、ひとひら」は江戸時代が舞台の爽やかな作品で、旅する様がわくわくさせてくれた。「その灯が消えないように」は学校生活をベースにした青春小説で、屈託ある主人公の成長に好感を持てた。「私の姉妹」は悲劇を映す鏡が語り手となる、その着想が素晴らしかった。「もう一つの、師走祭りのその中で」は、父と再会しようとする主人公の旅が描かれた作品で、人生というものを考えさせられた。

優秀賞（MRT宮崎放送賞）講評

宮崎放送ラジオ・ディレクター
小倉哲

今回のMRT宮崎放送賞は最優秀賞と同じ作品、西の正倉院みさと文学賞において初めての「ダブル受賞」という眼を見張る結果になりました。二つの賞に選ばれるということは、二つの異なる視点による評価があったということです。ひとつは言うまでもありませんが、読まれることを前提にした文学作品として最も高い評価を獲得したということ。もうひとつは、ラジオドラマ化することを前提として「ドラマとしての強さ」を持つことが高く評価されました。

聴く人を惹き込む良質なドラマにはさまざまな要素がありますが、ラジオドラマ制作において特に大切にしていることが三つあります。ひとつは、登場人物が魅力的であること。次に、登場人物たちの欲求や目的が衝突しながら物語を盛り上げていくこと。そして、それらが興味を引くログラインとして成立しているということです。ログラインとは、物語を簡潔に説明するための最も端的な要約のことで、映画や脚本を売り込むための必須要素です。短い文章でプロットや人物の設定を伝え、物語の中心を明確にします。

無骨な山師と、百済王に仕える占術師。出自や立場の違いを超えて不思議な友情で結ばれていく二人に、敵国・新羅からの追手の気配が忍び寄る…。

このログラインには、リスナーを惹きつける力強いドラマ性を感じます。登場人物たちの設定や性格がはっきりとしたコントラストで表現されていて、物語を引っ張っていく力強さがあるのです。本作では、それらが精緻でありつつもさりげない筆致によって描かれていて、著者の並ならない力量を感じました。

宮崎放送として、西の正倉院みさと文学賞受賞作のラジオドラマ化を手掛けて4回を数えます。通算で5つの作品をラジオドラマとして送り出しました。脚色の方向性を研ぎ澄ませること、役者の息遣いを感じる芝居、想像を掻き立てる効果音の鳴らし方。演出面はもちろん、予算やスケジュールといった制作過程。振り返れば毎回たくさんの反省もあるのですが、それ以上に学びと工夫を培ってきました。

この『かざのもりびと』が、西の正倉院みさと文学賞のラジオドラマ化におけるひとつの集大成になることを今から確信しているところです。

大賞

優秀賞（MRT宮崎放送賞）

「かざのもりびと」

潮路奈和

一

人が歩いたとは思えない草が生い茂った道を、袈裟がまとわりつくのも厭わずに顕聖《けんせい》は走っていた。長旅には支えとなった錫杖もいっそ煩わしい。助けを呼ぼうにも山の中だ。仮に人がいても息が上がり叫ぶことなどできそうにはなかったが。

師の為とはいえ、この役を引き受けるのではなかった。背後に迫る獣の唸りに顕聖は後悔した。だが時を戻しても、その選択はなかっただろう。

師である行基は修行も学問も怠りはしなかったが、寺に腰を据えるより旅をして市井の民のために働く方が多かった。八十も過ぎるほどの大往生で亡くなるまで、精力的に西や南へと赴いては、生活を助けては教えを説いた。その姿を見てきた孫ほどの歳の顕聖にとって、その道を見ぬふりすることは到底できなかった。

落ちていた細い枝に足を取られた。倒れ込んだ鼻先には、古い炭が燻されたような香りが湧き上がる。

黒い獣の唸りが近づき、顕聖は目を閉じた。

道半ば。

そんな言葉が脳裏を掠めたとき、顕聖の肩先に風が裂いた。

恐ろしい唸り声は急に子犬のようなか弱い悲鳴に変わり、やがて静寂が訪れた。

顕聖が恐る恐る目を開けると、目の前に大柄なひとりの男が立っていた。

浅黒く日焼けした山師の男が弓を構えていた。男はジッと顕聖を見ていた。いや、その視線は顕聖を通り過ぎている。

そろそろと後ろを振り向くと、灰色の狼に矢が突き刺さり、既に骸になっていた。

顕聖は体から力が抜けるのを感じた。

「助けていただいてありがとうございます」

立ち上がれぬ体のまま、頭を下げると、男は構えを解き、狼の骸へと下りてきた。

「坊主がなぜこんなところにいる」

矢を抜きながら男は言った。

「旅の途中、迷ってしまいまして」

男は顕聖より少しばかり上のようだった。粗末な着物の下には鍛えられた体躯が見て取れた。経を書き綴る日々で細くなった顕聖の身とは比べるべくもない。

落ち着いてきた顕聖はようやく立ち上がり、狼の骸に手を合わせた。

男は怪訝な顔をした。

「今、殺そうとした獣にも経を上げるのか」

「私のために命を落としたことには変わりませぬゆえ」

顕聖の言葉に納得した様子はなく、男は黙って狼の骸を担いだ。

手を差し出しかけて、腰で手を拭く。

「……なまぐさの手は掴めんだろう。歩けるか」

「気遣い、かたじけない」

「まもなく日が暮れる。今晩はうちに泊まるといい」

この森の奥に庵があるのだと、男は言葉少なに招いた。血腥い獣の光のない目を見ても、顕聖に断る理由はなかった。

庵は鬱蒼とした森の中にあった。山の中にあって、不思議と坂は少ない。男は庵の裏手に狼を吊るした。小さな水路で滴る血を流しているのだった。

男は碧比古《あおひこ》と名乗った。顕聖を案内すると、囲炉裏に火を入れる。

「畿内からこんな辺鄙な土地に来るとは、ご苦労なことだ」

「師匠に比べれば、まだ足りませぬ」

顕聖は碧比古が囲炉裏で粥を煮る間、他愛ない談笑を繰り返した。

井戸を掘り、橋をかけ、民の暮らしを整える。師の仕事を引き継ぎ、なお民と仏のために顕聖は旅をしていた。


目的は豊後国だったが、日向にまで足を伸ばしたのには理由がある。

生前に一度だけ、行基が自らの血縁について話したことがあった。行基は百済の王族の流れを汲んでいた。その行基が若い頃、この国で百済の王の末裔と会ったというのだ。

食えぬ町民の子として産まれた顕聖には、想像するも限界の話だ。行基の日頃の立ち振舞はけっして人を見下ろすような殿上人たるものではなかったが、自らを律する芯の強さと優しさを兼ね備えており、どこぞの王と言われても納得できる気品を感じさせた。

行基が出会ったのは禎嘉王。百済が攻められたときに畿内まで流れ、また戦いを逃れて海を抜けて日向に向かったという。

ほんの僅かな人生の邂逅であったが、同じ祖を持つ者として、行基は禎嘉王の行く末を気にかけていたようだった。

顕聖にとっては関係ないことではあったが、行基が亡くなり、ふとその存在を思い出した。

今、禎嘉王はどこにいるのだろうか。

その頃、新しく都に来た渡来僧に禎嘉王について尋ねると、その僧は首をかしげた。唐にいた時分、百済の系譜を見たがそのような名前はなかったというのだ。

顕聖は動揺した。誰とも知らない者が亡国の王を名乗ったとでも言うのだろうか。

それだけなら、顕聖もいたずらだと腹を立てるだけで終わったろう。だがどうしても、禎嘉王の話をした行基の懐かしむような面差しを思い出すと、見逃す気にもなれなかった。

そして顕聖は師の仕事を継ぐためにと名乗りを上げて、旅をしながら密かに禎嘉王を名乗る者を探していたのだった。

「ずっとここに暮らしているのですか」

山師であればこの山や森を知り尽くしているだろう。禎嘉王のこともわかるかもしれない。長く暮らせばなおのこと。見ればこの庵も古くはないが年季は入っている。

「十年ほど」

鍋の粥をゆっくりかき回しながら碧比古は答えた。

「このあたりに百済人を名乗る者たちはおりませんか」

「クタラ?」

碧比古が眉を顰めた。

「……おらん」

短く答える碧比古の言葉は、どこか不確かに揺れていた。

「なぜそんなことを? あんたらの仕事には関係なかろう」

「私の師が百済人なのです。もし縁ある方々がいるのであれば、と」

嘘ではない。王を名乗る者が真に王なのであれば共に百済王族の末裔だ。警戒されぬよう、顕聖はできるだけ優しい言葉を紡いだ。

碧比古はおもむろに立ち上がり、軒下にいる梟に先程の獲物の肉を分ける。梟は肉を啄み終わると月もない空へと消えた。

「縁ある方々、か」

碧比古は囲炉裏のそばに戻ると、煮えた粥をよそった。

「たいしたものじゃないが」

「いただきます」

顕聖は礼を言い、椀を受け取った。

愛想はないが、悪い男ではなさそうだ。顕聖が少し踏み込んでみた。

「畿内からこちらへ向かった者の中に禎嘉王という者がいたようなのです」

一瞬、碧比古の手が止まったのを顕聖は見逃さなかった。何かを知っている。顕聖の直感がそう告げていた。


――言ってみるか。


「王を名乗ってはおりますが、不思議なことに王の系譜にないようなのです。ただ、師匠が気にかけておりましたので一度お会いできればと」

疑問を真綿の布団に包むようにやわらかく口にする。だが緩衝材は意味を成しはしなかった。

「つまり系譜に無き王に会いたいと」

「……はい」

碧比古に気圧されそうになりながら、顕聖ははっきりと答えた。

今、知りたかった答えは目の前にある。顕聖にはそう感じられた。そして今を逃せばその謎はまた自分の前からかき消えることになるだろうとも。


碧比古は椀を置いた。

「ここに百済人はおらぬ。この先の南郷にも。今はもう」

「かつては居たということですか」

思わず身を乗り出す顕聖を見る碧比古の目には、淋しげな色が揺れていた。

「王の話の前に、私の友の話をせねばなるまい」

薄暗い部屋で囲炉裏の炎が小さく揺れて薪を焦がしていた。その香りが狼に襲われたときに嗅いだ土と木の匂いに似ている気がした。

「十年も前にこの地を去った男の話だ」

囲炉裏で揺れる橙の火の色に染まった碧比古は、ゆっくりと語り始めた。

二

「アオ！　アオ！」

木の上でうたた寝をしていた碧比古は、自分を呼ぶ声で微睡みから引き離された。見下ろせば木の下に、自分と同じほどの若い男が屈託のない笑顔で碧比古を見上げていた。

「魏雨《ぎう》か」

木から滑り落ちるように下に降りると、魏雨を置いて先に村へと向かう。魏雨は怒る様子もなく、碧比古の後を追いかけた。

「アオ、雨が降る」

「知っている。匂いがする」

碧比古はぶっきらぼうに答えた。森と共に生きてきた碧比古にとって、雨の予想はそう難しくはない。土から立ち上がるような水の香りが漂い、まとわりつく風が少しずつ重くなる。

森は生業であり、命だった。

それは碧比古にとって当たり前で、こんな風に自分の方が知識があるかのように振る舞う魏雨が少し鬱陶しくもあった。

魏雨にはそんな気がないのはわかっているのだが。


三月ほど前、百済の王族を名乗る一行がこの村にやってきた。海に流れ着き、川沿いに逃れてきたという。

村の長である益見の当主、太郎は疲れ切った彼らを受け入れたが、碧比古は反対だった。同情はする。だが争いから逃れたということは争いの火種が追って来るということもある。どうしてそんな悪運を抱き込むのか。碧比古には理解が出来なかった。

魏雨は禎嘉王に仕える望気師だった。国が滅び、また畿内での争いからもこれだけの少数で難を逃れて生き延びたのは魏雨の望気術の才によるところが大きいのだろう。

望気とはこの世の理を気で読み取る。ときに金脈を見つけ、ときに天災を予言する。そして人もまたこの世の理から逃れられはしない。それゆえに争いの影を読み取り、渦中からいち早く離れることができたのだ。

禎嘉王は魏雨を高く評価していたようだった。それがまた、碧比古の劣等感を刺激した。

それほどの力があるならば、いっそ戦えば逃げずに済むだろうに。碧比古は密かに毒づいた。やがて出ていくはずの人間にこの土地が踏みにじられるのはどうにも受け入れ難かった。

だが、碧比古の予想は外れ、彼らはこの土地に根を下ろし始めた。

細い華奢ですらある体躯にもかかわらず、魏雨は森の仕事を手伝った。

できれば関わりたくなかったが、働きたいという人間を無下にもできない。ここで生きるなら仕事は必要だった。

力仕事よりも帳面をつけるような仕事が似合う。枝を刈る魏雨の細くて白いうなじを見て、碧比古はそう思った。重い枝の束を担ぐのは辛いだろうが魏雨はおくびにも出さない。

ただ一度、擦り切れた肩から赤いものが滲んだとき以外は。

碧比古は近くにあったチドメグサを引きちぎると、魏雨の肩に貼ってやった。森で働く者は余所者も何もない。森は神の領域で人はその軒を借りて暮らすに過ぎないからだ。

魏雨は少し驚いた顔をしていた。碧比古は表に出そうとはしていなかったが冷ややかな態度だったことは感じていたに違いなかった。


その日から、魏雨はよく碧比古と話すようになった。碧比古が態度を変えたわけではない。魏雨が碧比古をアオと呼び、取っていた距離を変えた。

その距離は碧比古には戸惑うものだった。親しくなりたいと思ったわけでもない。むしろ平穏を壊すくらいなら去ってほしいとすら思っていた。だがその一方で憎んでいるわけではなかった。ただ、その魏雨が笑顔で話しかけるたびに、自分の器の小ささを見せつけられるようでもあった。


「いい森だからだ」

なぜ合わぬ森の仕事をしたがるのか。

碧比古の問いに、魏雨は笑顔で答えた。

「優しく心地よい気が溢れている。そして力強い。この地に導かれたのは我らにとっての幸いだったと思う」

「導かれた？」

「行くべき道を占い、その通りに進んだ。そしてこの地に辿り着いた。王の息子はまた別の場所にいる」


神の采配。

碧比古の心がざわめいた。その占いを授けた神はこの森の神なのか。彼らの神なのだろうか。

碧比古は知っていた。神は神であり人ではない。定められた道が人の為とは限らない。彼らの旅路の終着がこの地だとしても、それが幸いとは限らない。

「子供と離れてまで従う占いとは、ご苦労なことだ」

思わず口を出た言葉に、魏雨は傷ついた顔になる。

「別に好きで離れたわけじゃない」

碧比古は目を逸した。


――これだ。

望気師か何か知らないが、すぐに人の深淵をすくい取る。まるで自分が知らないことなどないかのような見透かした魏雨の目が、碧比古には自分を責める棘のようにすら思えた。

魏雨が悪いのではない。自分が愚かなのだ。愚かで小さく、捻くれている。多かれ少なかれ人間なんてそんなものだろう。

そう言い訳して封じ込めてきた自分の暗部を、魏雨は表へと引きずり出してしまう。碧比古にとってそれは苦痛でしかなかった。

「……先に戻る」

逃げるように、碧比古は枝を担いで足早に村に向かおうとした。

「待ってくれ！」

いつもならそのまま見送る魏雨が、碧比古の腕を掴んだ。

「離せ」

「お前は何をそんなに恐れてる」

振り払おうと振り向いた碧比古は、魏雨のしがみつくような目に、思わず手を止めた。

冷水を浴びたようだった。その衝撃は同時に冷静さを碧比古にもたらした。

碧比古はゆっくりと魏雨の手を掴み、自分の腕から外した。

「……何もかもだ」

白状するといたたまれない。自分はただの臆病で愚かな山師に過ぎないことを認めるしかなかった。

「気を読むというなら、今のこの気を読めばいい。何もかもを悟ったような顔で人を責めるな！」

「責めてなどいない。なぜそんな風に思う」

「お前のようにはなれないからだ」

口走った言葉に、碧比古は嫌悪した。

「何を馬鹿なことを。俺のようになる必要などないだろう？」

そんなことはわかっている。支離滅裂だった。

「アオはこの山と森と暮らしていたんだろう？　この森はお前の森だ。誰も奪えない」

「……読んだのか」

「読まずともわかる。森は一朝一夕では成り立たん。どれほどお前がこの地を大事にしているか」

雷に打たれたような気分だった。数ヶ月見ただけの人間から、こんなありきたりの言葉で慰められるとは。

「やめてくれ」

碧比古は一刻も早くこの場所を逃げ出したかった。

少しずつ、安寧が森から欠けていくのを感じる。それが形のない不安となって、碧比古を支配していた。

「杜人よ」

魏雨は碧比古にそう呼びかけた。

「杜に生きる者は杜の気を知る。アオが我らを禍と感じるなら、お前たちにはそうなのかもしれない」

「……」

「だとしても、お前たちには恩義がある。禍となることはしない」

「出ていくのか」

「いや……それこそ神のみぞ知ることだ」

今すぐ出ていけばいいものを、神に逐一聞かねば行く先すらわからないのだろうか。

碧比古がその魏雨の言葉の意味を知るのは少し先のことだった。

＊

村に戻ると、何やら人だかりが出来ていた。

人の輪の中から不意に大きな黒い鳥が飛び立った。熊鷹だ。

感嘆の声とともに輪が広がると、人の隙間から長の太郎と禎嘉王が見えた。

「禎嘉様」

魏雨が人混みを縫うように駆け寄った。


太郎が見慣れない革を腕に巻きつけたまま、
碧比古に気づいて手招きした。

「碧《あお》。戻ったのか」

碧比古は担いでいた枝を下ろした。

「ちょうど今、熊鷹の操り方を教えてもらっていた」

浅黒く彫りの深い顔立ちの太い眉の下では、太郎の目が少年のように輝いていた。

「熊鷹ですか」

羽根が頭上から一枚落ちてきて、碧比古が空を見上げた。

黒い影が突風のように迫って来る。

碧比古の耳に羽ばたきが降ってきた。

振り向くと、太郎の腕に熊鷹がおとなしく留まっている。

「飲み込みが早いな」

「師が良いのだ」

太郎は少し得意げにしながらも、自分の親ほどの教え主を讃えた。

碧比古は禎嘉王を見つめた。大柄で顔の半分を髭が覆っていた。双眸は磨かれた黒曜石のようだった。武芸に長けているのだろう。目尻には皺が刻まれていたが力強さは失っておらず、首筋には大きな傷跡が覗いていた。

こんなに間近で王族を見る機会はあまりない。集まっていた村人も熊鷹を手懐ける様の見物だけでなく、王の姿を見たいと集まっていたに違いない。


禎嘉王は碧比古の視線に気づいて微笑んだ。

「お主がアオか」

突然、名前を呼ばれて碧比古は戸惑った。王と名がつく存在が自分の名前を呼ぶ日が来るとはまさか思わなかった。

「そう構えなくていい。魏雨に聞いている。腕の良い山師だと」

碧比古は顔を赤らめた。魏雨がそんな風に自分の主に伝えているとは露にも思わなかった。碧比古が魏雨と距離を置き続けた時間、魏雨は碧比古の仕事を見ていたことが、とてつもなく恥ずかしく思えた。


禎嘉王は自分の腕に巻いた革をほどき、碧比古の腕に巻いた。

「飛ばしてみるか」

太郎が碧比古の腕に熊鷹を移した。小さな犬ほどの重さに、碧比古は驚いて腕に慌てて力を入れた。

魏雨がそっと、碧比古の腕を支えた。

「行くぞ」

魏雨は少し引いてから、押すように碧比古の腕を押した。碧比古の腕がふっと軽くなり、熊鷹はきれいに一直線を描いて飛んでいった。

「筋がいい」

禎嘉王が指笛を吹いた。

熊鷹は空を大きく旋回して禎嘉王のそばの宿り木に留まった。禎嘉王が餌箱を開くと、中の肉を熊鷹は旨そうに啄んだ。

腕の革を外し、恭しく禎嘉王に返そうとしたが、禎嘉王は断った。

「それはやろう。慣らしていけばよい」

受け取っていいものか思案したが、返すのも具合が悪い。碧比古はぎこちなく受け取った。

「……少しは軽くなったか」

太郎が碧比古に囁いた。

「お前が懸念していることはわかる。だが悪いことは起きないかもしれない」

「……はい」

見透かされていた。だが変われる気がしていた。

明日は少し、自分の愚かさは拭われるだろうか。だがそんな明日が来る確証なんてどこにもないことを、碧比古は忘れていた。


礼を言って帰ろうとした碧比古の鼻に、かすかに鉄の香りが触れた。

熊鷹の気配が変わった。獰猛な本能がむき出しになるような唸りを上げた。


振り向くと魏雨も厳しい目をしていた。

禎嘉王が促すと、魏雨が辺りに意識を集中したのが見て取れた。

魏雨を見ているうち、張り詰めた糸のような感覚が碧比古を襲った。ざわめいた声が遠のき、わずかに大地を蹄が蹴る音がした。

魏雨と碧比古は同じ方角を見ていた。魏雨は腰の短刀に手をかけている。

何かが起きている。

それだけが碧比古にはわかった。

砂埃と共に馬が近づいてきた。同時に鉄の匂いも強くなる。

――血だ。

碧比古は目を凝らした。栗毛の馬の上には心許ない揺れに身を任せている甲冑の男がいた。甲冑の男が振り絞るように手綱を引くと、馬は嘶いて碧比古の前に止まり、男は落馬する。碧比古はとっさに手を差し出して男を支えた。

甲冑の隙間から折れた矢が見えた。抜こうとして折れてしまったのだろう。碧比古は思わず目をそむけた。

「禎嘉王はおられるか」

魏雨が駆け寄り、肩を貸した。

碧比古と魏雨に支えられた男は、目の前に禎嘉王を見た。

「華智王様が襲撃を受けております。敵は……」

男は言い淀んだ。

禎嘉王は半ば察したようだった。

「……新羅か」

「……はい。少数部隊ながら、王の称号を探しているとか」

碧比古には信じられなかった。

畿内での争いの追手ならばともかく、今更、新羅が百済の王族を討つために海を越えて来るとは、碧比古にはありえないことのように思えた。

だが、魏雨を盗み見るといつも穏やかな顔に隠しきれない憤怒が浮かんでいた。

禎嘉王も静かに佇んではいたが、覇気が満ちていた。

本当の怒りとは湯気のように立ち上るものなのだと碧比古は初めて知った。

「よく辿り着いてくれた。益見殿、この者の手当を頼んで良いか」

「ああ」

太郎は神妙な顔で魏雨の肩から男を引き受ける。

「碧、私の屋敷へ」

「……はい」

太郎と共に碧比古は男を担いで連れていった。肩越しに振り向くと、神妙な面持ちで魏雨が禎嘉王と話していた。

魏雨は行くのだろうか。

彼らが去ることはむしろ望みのはずだった。

「だから言ったじゃないか」

益見の屋敷で男を下ろすと、碧比古は誰ともなくぽつりと呟いた。

益見の家の者たちが慌ただしく男を連れていく。碧比古には太郎の背中が少し後悔しているように思えた。

最悪は訪れる。どんなに願っても神は配慮などしてはくれない。

「お前の言う通りだった」

「いや、長を責めているわけでは」

碧比古は目を泳がせた。彼らを受け入れたことを今となっては責める気もない。ただ、予測したことが現実になってしまったことが辛いだけだ。

「でもな。私は今でもあの時、同じ決断をしたと思うよ」

そうだろうとも。

碧比古が知る益見太郎はそういう人間だ。困った人は見捨てず、新しいものには目を輝かせ、民の暮らしを見守る。

きっと彼らが苦境に遭えば、この数ヶ月の縁で助けを出すのだろう。この地を危機に晒しながらも、きっと目を閉じることはできない。誰よりも長として人を惹きつけ、その光ゆえに誰よりも長に向いていない人間でもあった。

「当主になど、なるものではないな」

太郎は自嘲した。

＊

その夜、碧比古はなかなか寝付けなかった。

山では危ないだろうと碧比古は益見の家に招かれた。もし夜に何か起きれば夜の森を案内することになる。興奮して一向に眠気は来なかったが少しでも休むためにもう一度寝返りを打つと、外に灯りが揺れた。

布団からそっと抜け出し、部屋の隅に潜む。引き戸が開いた瞬間、碧比古は飛びかかった。

「アオ！　俺だ」

喉元に刃先を突きつけられた魏雨が灯りと籠でふさがった両手を半分上げた。

「なんだ、こんな夜更けに」

魏雨はそっと籠を置くと灯りをかざした。

薄明かりに照らされた魏雨は、夜着のような白装束に鎖帷子を纏っている。

「……行くのか」

「ああ。その前にな。お前にこれを」

魏雨は遊びに行くかのような軽さで籠を差し出す。中から低い喉を鳴らす鳥の声がした。

「梟？」

「鷹のように訓練してある。俺の鳥だ。夜目も利く」

「いらん。俺では飛ばせん」

「王からもらった蝶だけでは無用の長物だろう。鳥がいる」

「俺が捕らえる。お前が調教すればいい」

魏雨は困った顔をした。約束はこれ以上できないと知っている顔だった。

「……どうしても行くのか」

「我らが行かねば終わらぬ戦だ」

「なぜだ。これまで逃げてきたろう。これからも逃げればいい！」

腹が立った。碧比古は魏雨の胸ぐらを掴んだ。

「どうせ逃げるなら、ここに根を下ろそうなんてしなければよかったろう！」

「できれば！」

魏雨が声を荒げた。

「……できれば、この地で生きたかった」

「だったら逃げろ！」

「逃げればお前達の禍になる。奴らの目的は百済の系譜の者だ。百済の末裔を誰かが担ぎ、新たな百済を興すことを恐れている。匿えばこの山ごと燃やすことも厭わん」

「山を燃やす……？」

碧比古は青ざめた。森が焼けてしまえば山は死ぬ。獣も草木も灰となり、また命を育むには碧比古が生きているうちには叶わないだろう。

「ならば預かる。帰ってさっさと梟を引き取れ」

引き留めようとした言葉が拗れる。それでも魏雨は穏やかに笑った。

「帰れと言ってくれるか。また来いではなく」

魏雨が引き戸を開けて外に出る。空は少しばかり白み、折れそうな月が出ていた。庭にはうっすらと薄い霧がかかっている。

「二日後の夕刻、森に近づくな。……約束は守る」

「おい！」

碧比古の声も手も届かないように、魏雨は走り出した。厩からの嘶きで馬を駆ったことを知った。大した足音もない。わずかな軍勢だった。

本当に行ってしまったのだ。

碧比古は座り込んだ。もっと魏雨を素直に知れば良かったのだろうか。太郎のように少しでも勇敢であれば良かったのだろうか。

「ああ、でも長が言っていたな」

時が戻っても同じ決断をすると。

魏雨も碧比古もたとえ時が戻ったとしても違う道を選ぶとは思えなかった。

＊

太郎は出来る限りの兵を集め、禎嘉王の後を追った。

碧比古は太郎たちを森の先まで送り届けると、次の陣の為に村に戻る。戦局は聞こえて来ない。

魏雨が何をしようとしているのかわからないまま、二日目の夕刻が近づいてきた。

パチンと何かが弾ける音が聞こえた気がした。碧比古は森の方角を見ると、遠く黒い煙が立ち上っていた。

碧比古は目を疑った。あれほど言っていたのに、魏雨が火を放ったとしか思えなかった。


森が焼ける。


碧比古の体中の毛穴が開き、汗が吹き出した。身の内が焼けるような感覚だった。

「勝手な男だ」

碧比古は歯噛みした。森に近づくなとは生きて顔を合わせる気がなかったのだ。

気づかない自分にも辟易する。苛立ちの中、梟の籠を叩き割る。木屑を払うように、梟は体を震わせた。

「お前の主の場所はわかるか」

梟は首を傾げたが、すぐに煙の方へ向かって羽ばたいた。

鳥は火から逃れても飛び込みはしない。

あの先に魏雨がいる。

確信した碧比古は厩から手近な馬を引き出し、走らせた。

＊

魏雨は燃え盛る森を見上げた。

杜人は怒り狂うだろう。森は彼らの聖域だ。それでも滅んだと見せかけるには火をかけてしまうのが一番早い。火の中は新羅の刺客たちも追えないのだ。

伊佐賀に辿り着いたときには既に王の次子、華智王が討たれていた。怒りに身を任せ、雄叫びを上げながら敵陣に向かう禎嘉王が流れ矢に討たれたのは、援軍に駆けつけたばかりの太郎の目の前だった。

太郎が戦いに加わっているが、縁と情だけの援軍だ。百済とは関係がない。禎嘉王が討たれた今では、折を見て引かせるべきだろう。でなければ彼らに新たな遺恨を作ることになる。

比木から駆けつけた福智王が加わる声を聞いた。それでも勝算は五分だろう。

「後はうまくやってくれ」

燃える森の外れで、魏雨は倒れ込んだ。背中には深々と矢が刺さっていた。

消えそうになる意識を魏雨は必死で繋ぎ止める。まだやるべきことがあるのだ。

震える指先で印を結ぶ。

肩に梟が止まった。

「夜《パム》……？」

名を久しぶりに呼ばれた梟は、魏雨の指にすり寄った。

「約束を破る気か」

炎に怯える馬を捨て、ただ梟を追い走り、息を切らせた碧比古が魏雨の目の前にいた。

幻かもしれない。

幻でも良かった。魏雨は微笑んだ。

「すまない。だがこの火は止める。お前の森までは届かない。それで約束としてくれないか」

詫びる機会を得たのは幸福なのだろう。これで少なくとも後悔はないはずだった。

「違う！」

碧比古は怒鳴りつけた。怒っているのに、何故か泣いていていた。

「帰ってくると言ったろう！　魏雨！」


ああ、そうだった。

別れのためのかりそめの嘘。

それを、約束だと言うのか。

「お前が、最後の友で良かった」

激しい炎が辺りを包んでいた。


魏雨は天を指した。

遠雷が鳴る。

うねるように黒い雲が空を覆い尽くし、やがてポツリポツリと雨が降り始めた。

崩れる魏雨に碧比古は駆け寄った。消え入るような声で、魏雨は満足げに一言囁いた。

「魏雨！」

碧比古の叫びに、もう答えはなかった。

どれほどそうしていただろうか。炎の勢いが衰えてきた頃、見たこともない甲冑の男たちが碧比古を囲んでいた。

旗を掲げていた。

名のある将なのは見て取れる。

「お前は倭国の者だな。……そこにいるのは禎嘉王の望気師か」

馬上から尊大に問いかけられる。

「いや……俺の友だ」

碧比古は魏雨の亡骸を抱えて、まだ火の残る森へと入っていった。

むせ返る炭のような匂いが雨に打たれて立ち上る。魏雨はどちらかしか叶えられない約束をひとつだけ守ったのだ。

*

「系譜より禎嘉王を消せ」

新羅の将は碧比古の背に届くほどの大声で配下の兵に命じた。

「よろしいのですか？」

「構わん。禎嘉王は既に討った。系譜になければ、子らがその筋を汲むかなど誰にもわかるまい」

それは、もう追わぬという意思表示だった。

三

「粥が冷めてしまったな」

話し終えると、碧比古は顕聖の椀の粥をよそい直した。

「燃えた森の木々の香りは未だに消えぬ。それでこの森の木は燻した香ばしさが残っているのだよ」

顕聖は動けなかった。

今の話が本当であれば、自分はどれほどの思い違いをしていたのだろうか。

系譜にないものは存在しないのだと信じて疑わなかった自分が途端に小さな存在に思えた。

「その後、新羅は」

「来ることはない。……この話が真ならば」

碧比古は笑い出した。

顕聖は、動揺しながらも気が抜けた。作り話と知り、顕聖はうっかりとのめり込んだ自分を笑った。

「語りが上手い。信じてしまうところでした」

そうして、ひとしきりふたりは笑い、今度は粥が冷める前にかきこんだ。

ふたりが箸を置いた頃、引き戸を叩く音がした。

碧比古が出るより先に戸が開くと、梟が飛び跳ねた後に、大柄な初老の男が入ってきた。

「碧、客人を引き取りに来たぞ」

「長、自らご苦労なことで」

「お前が呼んだんだろうが」

碧比古を小突きかけて、男は顕聖の前でそっと手を下ろし、挨拶をした。

「このあたりをまとめております、益見太郎と申します。ここには布団もないでしょう。馬で村までお越しください」

先程までの物語で語られた一人と同じ名だった。顕聖は真偽がわからず混乱した。

「私は別にここでも。夜道を歩かせるには忍びないですから」

「馬がおりますから。歩きでいけるならとうの昔に碧が案内しております」

「ですが……」

碧比古を見たがただ静かに座っている。顕聖は焦った。

まだ聞いておかねばならない気がした。

まだはっきりと、真実を聞いてはいないのだ。


「……チャルサルダ」

突き放すように碧比古が口にした。


顕聖は呆然とした。その言葉は、行基が別れ際に口にしたことがある。


「友が残した別れの言葉です」

碧比古の言葉に、顕聖は震える声で答えた。

「その言葉の意味を知ってるんですか」

碧比古は怪訝な顔をした。

どれほどこの人間がその言葉を想い、友への後悔を募らせたのか。顕聖の胸が締め付けられた。

「百済の言葉で、『豊かに暮らせ』という願いの言葉です」

顕聖は自分がここに導かれた意味を知った。

顕聖の言葉が染み渡ると、碧比古は潤んだ目から涙がこぼれないように上を向いた。

「さあ、行きましょう」

顕聖は頭を下げて太郎と共に庵を出た。


夜風が心地よく木の香りを運んでくる。

太郎は顕聖を馬に乗せ、その後ろに跨った。

「今夜はいい『かざ』だ」

「ええ、心地よい風です」

太郎は手綱を取り、馬を歩かせた。

「『かざ』ちゅうのは香りのことですよ。碧はずっと、この香りの森を守ってきたんです」

焼けた森を思い出す香りに包まれて、何を思っていたのだろうか。

「かざのもりびと」

杜人であり守り人の彼の救いに少しはなれたのだろうか。

「チャルサルダ」

月明かりの道を揺られながら、顕聖は彼の人が告げたかっただろう祈りを呟いた。

優秀賞（日本放送作家協会賞）講評

日本放送作家協会理事長
内村宏幸

みさと文学賞には、美郷町に伝わる百済王伝説を題材にし、伝説に登場する人物たちそのものを描いた戦乱の物語や、その歴史を知る現代の人たちの物語、当時と現代が交錯するファンタジックな物語など、多種多様な色合いの作品が毎年集まります。

第五回目を迎えた本年も、昨年よりもさらにレベルが上がり、作品の力によって美郷町の魅力が強く打ち出されたものが多く、審査にあたった二十数名の放送作家協会員も一次選考から難しい審査を強いられました。

その中から第五回の「日本放送作家協会賞」は、「ドンタロ様と河童の日」に決定させていただきました。

みさと文学賞における「日本放送作家協会賞」は、その受賞作を原作として、テレビ、ラジオ、漫画、舞台など、さまざまなメディア展開の可能性を後押しする役割として位置づけられています。約七百名のクリエーターが在籍する放送作家協会では、映像化、舞台化、漫画化などの脚色をはじめ、受賞作をより魅力あるコンテンツとして仕上げるお手伝いをさせていただくつもりです。

近年では、原作ありきのドラマや映画、舞台が当たり前になっています。つまり、力のある原作なしにはいい作品が生まれない時代なのです。そういう観点からも、今回の受賞作も新たな作品へと生まれ変わる可能性が大いにあります。

今回の受賞作は、冒険活劇の始まりを想起させる冒頭部分や、河童と主人公が旅する風景などが頭に浮かび、映像化に匹敵する作品だと感じました。その他にも、審査したメンバーからは、「物語調で読みやすく設定説明も過不足ない」「虚実のブレンド具合が絶妙」「ヒロインに感情移入できるし河童も存在感があって魅力的」などの講評を得ました。特に、「この村は、行く場所がない者を見捨てない」というセリフは、強く心に響き、現代の美郷町の人々に重ね合わせられるのではと想像しました。また、オチの付け方も心地よく、読後感を一層爽やかなものにしていると感じました。

この受賞作が放送作家協会員たちの創作意欲をくすぐることは大いに期待出来ます。もちろん、受賞作以外の作品もどれも素晴らしく、特に、大賞と「MRT宮崎放送賞」の異例のW受賞となった「かざのもりびと」を始め、佳作となった作品からも、美郷町が持つ独自の歴史と豊かな物語性が印象づけられました。

次回も、我々の想像を超えたエンタテインメント作品に巡り会える事を願っています。

優秀賞（日本放送作家協会賞）

「ドンタロ様と河童の日」

東紀まゆか

「走れ、止まるな！」

木々の間を走りながら、福智王が叫ぶと同時に。

敵の放った矢が、傍らにいた臣下の首を貫き、そのままドン、と後ろの木の幹に身体ごと突き刺さった。

「伏せろ！」

落ち葉が敷かれた大地に伏せながら、福智王が矢の飛んできた方を見やると。木製の鎧で身を固めた敵兵が、刀や弓を手に近づいてくるのが見えた。

しつこい奴らだ。海を越えて追ってくるとは。

朝鮮半島の百済の王族であった福智王は、政争を逃れ、父である禎嘉王と共に友好国である倭（今の日本）に亡命してきた。

一度は安芸の国（今の広島県）に流れ着いたが。大陸からの追手は、そこまで追いかけて来た。

そこで禎嘉王たちは筑紫（今の福岡県）を目指したが、嵐によって親子の船は離れ離れになってしまう。

過酷な旅の末、父、禎嘉王は日向の国（今の宮崎県）の神門に。福智王は西に離れた比木に落ち着いたのだが。大陸からの追撃は、緩む事がなかった。

神門に住む禎嘉王が、大陸からの追討軍に急襲されたという報を受けた福智王は、父を助けるべく神門に駆けつけた。

だが追討軍の攻撃は激しく、福智王が合流した時には、禎嘉王は神門から小丸川を南に下った伊佐賀まで追い詰められ、そこに陣を張っていた。

福智王の加勢も虚しく。この地で福智王の弟である華智王が討たれ、禎嘉王も流れ矢を受け負傷した。あまりの激戦に、伊佐賀の土は血で赤く染まり、今もその色であると言われている。

弟を失ってなお、福智王の闘志は燃え盛っていた。

しかし、大陸から倭へ渡り、各地を何年も逃げ回った福智王と、準備万端で海を渡って来た追討軍とでは、多勢に無勢。こちらは、もはや矢も尽きた。

弟と同じ様に、自分も討たれるのか。福智王が覚悟した、その時。

ザワッ、と山の空気が変わったかと思うと、無数の影が木々の間を跳び交った。

「！」

福智王の後方から、木の枝から枝へと跳び移り、追討軍に向かう無数の影。

たじろぐ敵の軍勢に向かい、影たちは次々と何かを投げつけた。

「うわっ！」

何かを投げつけられた敵兵の頭が、グシャッと赤く潰れる。

いや、そうではない。柿だ。木々の間を跳び交う連中は、よく熟れた柿の実を、敵兵に投げつけているのだ。

「なんだ、あれは」

あっけに取られた福智王の後ろに、人の気配がした。

「！」

振り返ると、何人もの兵を従えた、鉄の鎧を纏った屈強な男が立っていた。

相当、身分が高いのだろう。鉄の鎧を纏っているのはその男だけで、周囲の兵は木の鎧だった。

「主が、海の向こうのミカドか」

鉄の鎧の男は、福智王がこの数年で習い覚えた、倭の言葉で言った。

「我らのミカドの命によって、主をお守り申す。我は、この地を治めし益見太郎という者」

福智王は、戦場を指さすと、震える声で益見太郎に尋ねた。

「あれは……。あの木の間を跳び交っている者たちはなんだ？」

豪快に笑うと、益見太郎は答えた。

「我に仕えるこの土地の河童だ。主の故郷には、河童はいないのか？」

「河童だと？」

益見太郎がサッ、と右手を上げると。彼の周囲にいた兵たちが、弓を手に前へ歩み出た。

「ようし河童ども、よくやった！　火を放つから散れ！」

益見太郎の声に。追討軍を攻撃していた河童たちは、枝から枝へと跳んで、四方へ散らばる。

それと同時に、益見太郎が従えた兵たちが、先端に火をつけた矢を一斉に放った。燃え盛る矢が追討軍の兵を貫き、また枯れ木や落ち葉を燃え上がらせた。

山肌一面に燃え広がった炎に追われる様に。追討軍は、這う這うの体で逃げ去って行く。

「遅れて申し訳なかった。この益見太郎が来たからには、大舟に乗ったつもりで安心されよ」

雷鳴の様な大声で言う益見太郎の後ろに。周囲の木々の枝から、数十の河童の群れがザザッ、と飛び降りて来て、ひれ伏した。

福智王と、生き残った百済の人々は、それを見て呟いた。

「これが、河童……」

◆

おばあちゃんの話を聞きたい？　学校の宿題なのかい。

戦争？　おばあちゃん昭和生まれだけど、太平洋戦争は体験してないよ。

そうだ。珍しい話をしてあげよう。おばあちゃんが、河童と旅をした話だよ。

あれは、おばあちゃんが大学生の時。「およげ！　たいやきくん」。知ってるだろ？　知らない？

あの曲が大ヒットした次の年の一月だよ。まだラジオでよく流れていたから覚えてるんだ。

おばあちゃんは大学に行きながら、上野の古道具屋でアルバイトをしていてね。お父さん……あんたの曾おじいさんは、私が子供の頃に死んじゃったから。学費を稼がなきゃいけなかったんだよ。

アメ横って知ってるかい？　年末になると、よくニュースで流れるだろ。賑やかな商店街さ。

そこの一角に、変な古道具屋さんがあってねぇ。

変わり者の店長が、古めかしい人形だの、何に使うんだかわからない古道具だのを買いこんでは、店に並べていたんだけどね。ある日「河童のミイラ」を仕入れて来たんだよ。

宮崎県にある古い農家を取り壊したら、屋根裏から出て来たんだって。「お前、宮崎出身だろ。河童について知らないか」って聞かれたけどね。私は小学生の時、お父さんが死んで東京に引っ越して来ちゃったからねぇ。宮崎の事は、あまり覚えてなかったんだよ。

ミイラって、どんな姿をしていたかって？

なんだか木彫りで出来た、動物の骨格標本みたいだったよ。ただウロコがビッシリ生えた皮が全身を包んでいた。確かに作り物じゃなくて、本物に見えたねぇ。

そんな物を、どうするのかって？　あの頃は、スプーン曲げとか、ＵＦＯとかオカルトが流行っていたからねぇ。テレビ局に売り込むつもりだったらしいよ。店長が「売り込み用に写真を撮るから、ミイラを箱から出してテーブルの上に載せて」なんて言うから、私はビックリしたよ。なんかバイ菌が移るんじゃないかと思って嫌だったねぇ。

でもアルバイトで雇われている身だし。軍手をはめた両腕を、河童のミイラに伸ばして、持ち上げようと触った時。

バチッ、と静電気の様なショックが手に走ったかと思うと。私の頭の中に、見た事もない風景が広がったんだ。

青空の下。どこまでも広がる山の中を、綺麗な川が流れていく。

そして次の瞬間。固く閉じられていたミイラの目が開いたんだ。

私は驚いて、後ろに尻もちをついてしまった。だから、よく見えなかったんだけど。河童のミイラが、入っていた箱から飛び出して、店長に飛びついたらしい。

ぎゃっ、と店長が悲鳴を上げたかと思うと。暗い室内がピカピカッ、と光った。

おそるおそる私が立ち上がると。床に仰向けに引っ繰り返った店長の上に、男の人がのしかかっていた。その男がゆっくりと立ち上がり、振り向いた時。私はビックリしたね。

その男の顔は、私が小学生の時に死んだお父さん……。あんたの曾おじいちゃんにそっくりだったんだよ。

着ている服も、横縞のセーターに白いスラックス。それはアルバムに残っているお父さんの写真で、私が一番、親しみを感じていた姿だったんだ。

「怖がる事はない」

不意に男が言った。その声まで、死んだお父さんのものだったんだ。

「河童は人に化けられる。さっき、お前の頭の中を見た。そこで見た姿に化けた。お前もオレの頭の中を見ただろう」

私の頭の中に広がった山のイメージは、この河童の記憶だったのか……。ん？　今、河童って自分で言った？　この人、本当に河童なの？　私は訳がわからなくなったよ。

「お前の頭の中を見て、オレは遠く、時間の経った所へ来てしまった事を知った。オレには、やらねばならない事がある。ふるさとへ帰る手伝いをして欲しい」

床に倒れたままの店長を見やり、私は尋ねた。

「その人を、殺したの？」

「尻子玉を抜いただけだ」

私は仰天した。尻子玉って、河童が人間のお尻から抜く物だよね。それを取られると腑抜けになるっていう。でも店長、ズボンが脱げてないけど？

「尻子玉は、生きる為の力だ。お前の頭の中の言葉だと〝えねるぎぃ〟だ。それを貰って、オレは干からびた姿から元に戻れた」

「じゃぁ、店長は生きてるの？」

「力が抜けているだけだ。たくさん寝て、たくさん食えば元に戻る。それより」

ずい、と父と同じ顔を、私の顔の前に突き付けると、河童は言った。

「ふるさとへ帰りたい。記憶を見たら、お前はオレと同じ出身だ。わかるだろう」

「え？　もしかして宮崎？　私、子供の時にいただけだから、詳しくないんだけど……」

「オレは海を越えて、百済から来たミカドを守る様に言われた。その命令を守らねばならぬ」

とりあえず河童をなだめてから。私はグロッキー状態になった店長に水を飲ませて、手近にあったお菓子を食べさせると、通っていた大学に電話をしたんだ。

今みたいにスマホじゃないよ。ガラケーだって無かったんだから。店の黒電話でだよ。幸いにして、大学の民俗学の教授が研究室にいたので、電話を回してもらった。挨拶もそこそこに、私は矢継ぎ早に質問をした。宮崎県に、大陸から誰か偉い人が渡って来た伝承があるかと。

「それは神門神社に伝わる、百済王渡来伝説だね」

授業をサボってばかりの私に、教授は親切に教えてくれた。

「朝鮮半島の百済の王族、禎嘉王が、政争を逃れて日本に亡命したんだ。各地を彷徨って、たどりついたのが宮崎県の南郷村だと言われている」

南郷村の神門神社か。丁寧に礼を言って電話を切ると、私は考え込んだ。上野のアメ横から、宮崎は遠い。なんだかよくわからない人、いや河童を連れて行くのは簡単ではない。

「これが必要なのだろう？」

河童は一万円札が何枚か入った財布を、私の前に差し出した。

「あんた、こんな物、どこから……」

河童は倒れている店長を指さした。店長の財布を取ったのか。

それじゃ泥棒じゃないのよ、と言いかけたが、私を見つめる河童の意志は固そうだ。ここで言う事を聞かないと、もっと厄介な事になるかもしれない。私はそう思ったんだ。

店長も、ご飯を食べなきゃ復活出来ないだろうから、数千円の紙幣と家の鍵、キャッシュカードなどを返すと「後で必ずお返しします」と言って、私は財布をポケットに入れた。

「では行こう。まずは、どこからだ」

河童の問いに、私は答えた。

「駅よ。夜行列車に乗るの」

心配だったけど、店長を残して。私は河童を連れて店を出た。外に出た河童は、見る物すべてが珍しいらしく、声をあげて大騒ぎするので、私はヒヤヒヤした。

上野から東京に出ると、みどりの窓口で、宮崎に向かうブルートレイン「富士」の切符を買った。ダメ元で駅員さんに「神門神社に行きたいんですけど」と聞くと、駅員さんが知っていて助かったよ。

「あぁ、神門神社のお祭りに行くんですね。でしたら宮崎駅より、その前の日向市駅で降りた方が近いですよ」って教えてくれたんだ。

ブルートレインを知らないかい。夜中も走り続ける特急電車だよ。夜は列車の中で寝るんだ。夕方の六時に東京駅を出て、翌日の昼の三時前に日向市駅につく。丸一日、列車の中にいるんだ。走るホテル？　ふふ。そんな立派なもんじゃないよ。昼間は座席になってる部分がベッドになるんだ。昔は三段ベッドだったけど、私たちが乗ったのは、ちょうど二段になった直後だったそうだよ。

座席に付くと、オルゴールの音楽が車内放送で流れて、列車は夕闇に向かい走り出した。

それから河童は、自分たちと、宮崎の人々とのかかわりを話してくれた。

河童たちは、元は長崎の島原に住んでいたが、人間たちに追い立てられて、宮崎の小丸川に逃げて来たという。近くの人間とは関わらない様に生きていたが、時折、畑に農作物を盗みに行っては、人間に追い立てられる事もあったそうだよ。

ある夏の日。人間の元から逃げて来たらしい馬が、川のほとりにやって来た。河童たちは数匹がかりで馬の前足と後ろ足にしがみつき、川の中に引きずり込もうとした。

驚いた馬は、暴れて河童たちを振りほどくと、その中の一匹……今、私のお父さんに化けている河童を咥えて、人間の村へと走り出した。自分が飼われていた家へと向かったのだろうね。村の中にある大きな家に馬が走り込むと。咥えている河童を見て、人々は集まって来て大騒ぎになったんだって。

家の柱に縛りつけられ、人間に囲まれた河童は死を覚悟したそうだが。

「放してやれ」

人間たちを治める、ドンタロ様という男がやって来て、そう言ったという。

「前の夏まで、この地に河童はいなかった。どこかから追われて来たのだろう。この村は、行く場所がない者を拒まない」

縄を解かれ、解放されてから。小丸川に住む河童たちと、ドンタロ様の治める村の人間は、友好関係を結んだそうだよ。

河童は人間を襲う事なく、畑仕事や治水工事を手伝った。人間は河童に、農作物を供えた。年に一度の祭りでは、人間と河童が共に踊り、楽しんだんだって。

そんなある日。ドンタロ様は、村の人間と河童を集めて言った。海の向こうの百済から逃げて来た王様が、故郷からの追手に追われているという。かなりの数が討たれ、全滅寸前らしい。

「この村は、行く場所がない者を見捨てない。人も河童も一丸となって、この地に来た百済の民を守る」

こうしてドンタロ様たちは、禎嘉王を守り、大陸からの討伐軍と戦う事になったんだ。

河童たちは、木の枝から枝へと跳び移り、討伐軍と戦った。その激戦のさなか。敵の放った矢が、乗っていた枝を折り、地面に落ちた河童は、山肌を転がり、大地の割れ目から地下に広がる洞穴に落ちてしまった。そこで頭の皿が乾き、動けなくなり。やがてミイラになって。千年以上年の時を経て人間に発見され、農家の蔵にしまわれた後。

私のいた古道具屋に買い取られて、東京にやって来たという訳さ。

そこまで聞いて、私は気になっていた事を河童に尋ねた。

大学の教授に聞いた話によると、百済から王族である禎嘉王が宮崎にやって来たのは千二百年以上前。今の宮崎に行っても、河童の知っている人はもう、誰もいない。それでもいいのかと。

「構わない。オレはドンタロ様の命令を守るだけだ。恩があるからな」と河童は答えた。

やがて列車が浜松を越える頃には、車内の電気は半消灯になり。する事もないので私たちは寝てしまった。

二段寝台の上の段が河童で、私が下の段だった。

河童が化けているとはいえ、十数年ぶりに父の顔を見たからだろう。私はその晩、父の夢を見た。

死んだ時の夢だよ。

　あれは私が十歳の時だった。

　私たちが住んでいた宮崎県延岡市を、震度五の大地震が襲ったんだ。まだ余震が襲ってくる大混乱の中。両親と私は、近所の公民館に避難したんだ。そこには町の皆が避難してきたけど、近所のおばあちゃんだけがいなかったんだよ。

　ウチの父は、地元の消防団員だったから、おばあちゃんを探しに行くと言い出した。私と母さんは止めたんだよ。それでも父は行ってしまった。そして……。崩れた塀の下敷きになって、死んでしまったんだ。

　行方不明だったおばあちゃんは、他の避難所にいて無事だったんだ。父の葬儀の時、自分のせいで死なせてしまったと、泣いていたっけ。

　あの日、父が行かなくても、おばあちゃんは助かった。あの日、行かなければ、父は死ななかった。

　おばあちゃんを助けに行った事は、無駄だったのだろうか。私は何としても、父を止めるべきだったのだろうか。私はずっと、それを悩んでいたんだ。

　夢の中で、あの日に戻った私は、思わず叫んでいた。

　行かないで！　お父さん！

　そこで私は目を覚ました。まだ夜中で、寝台車の中は暗かったよ。

　頬が涙で濡れている。あの日の夢を見て、泣いていたのだ。

そして、そんな私の顔を、父が……いや、父の姿をした河童が見下ろしていた。

「上の段で寝ていたら、お前の夢が頭の中で見えてしまった」

河童は、父の顔で優しく言った。

「お前の父は立派だ。お前は父を誇らねばならない」

「でも、でも」

夢を見て、子供に戻ってしまったかの様に、私は河童に尋ねたんだ。

「お父さんが行かなくても、おばあちゃんは助かった。助けに行かなければ、お父さんは死ななかった。お父さんがした事は、無駄だったんじゃないの?」

河童は、父の顔で、びっくりするほど優し気な微笑みを浮かべると言ったんだ。

「人の命を救おうという気持ちに、結果は関係ない。お前の父は正しい。立派だ」

それは私が、誰かに言って欲しかった言葉だった。

目の前にいるのが、父の姿に化けた河童である事も忘れて抱き着くと。河童も私の頭を優しく撫でて、添い寝をしてくれた。

数年ぶりに、私は父の暖かさに包まれて、眠ったんだ。

翌朝。目覚めた私は、昨晩の事が照れくさくて、河童にそっけない態度を取った。一方、河童は目的地が近付くと、ソワソワし始めた。

十五時ちょっと前に、列車は日向市についた。神門神社には、本当はそこからバスを乗り継いで行くんだけど。私たちはラッキーな事に、神社に行くという新婚カップルと知り合いになって、車に乗せてもらえる事になったんだ。

「あなたたちも師走祭りに行くんですか。今日が見せ場ですもんねぇ」

運転しているカップルの男の人の説明を聞いて初めて、私たちは今日……一月下旬の金、土、日曜日の三日間に行われる、神門神社のお祭りの事を知ったんだ。そういえば、東京駅でも、みどりの窓口の駅員さんが、そんな事を言っていたっけ。

師走祭りは、神門神社に祀られている父・禎嘉王に、南に九十キロほど離れた比木神社に祀られている息子・福智王のご神体が、三日かけて会いに来るという神事だった。

「そうだ」

師走祭りの説明を聞いて、河童が言った。

「あの時も戦いに、比木にいた王の息子が助けに駆けつけた」

私は慌てて河童の口を押さえた。千年以上前の戦いの当事者が、後部座席に乗ってるなんて知られたら大変だ。

それと同時に、私は嫌な予感がした。

師走祭りに合わせて、河童がミイラから甦ったのは、偶然ではないのではないか。

何か大きな運命の力が、彼をこの時期に復活させたのではないか。そう、師走祭りに来させる為に。

私は河童の耳に口を寄せて囁いた。

「あなた神門神社に行ったら、どうなっちゃうの？」

「なる様にしかならん。わかるのは、その時だ」

その答に私は拍子抜けした。あんなに行きたがっていた割には他力本願なのね。

そう思いながらも。私は河童が、どこかへ行ってしまう事を恐れていたんだ。

化けているとはいえ、父の姿をしている者に、もう一度別れを告げるのは辛い。ずっとそばにいてくれてもいいのに……。私は、そんな事まで考えていたんだ。

やがて日がとっぷり暮れた頃。車は神門神社がある、山深い東臼杵郡美郷町に到着した。

カップルは一緒に祭りを見ようと言ってくれたが、丁重に辞退した。これ以上、新婚さんの邪魔をしたら申し訳ないからね。

神門神社へ向かった私たちは、目の前に繰り広げられた、壮大な光景に息を飲んだ。

神社を囲む畑には、美郷町の人々の手で、枯れ木や薪を積み上げて作られた、高さ十メートルはある巨大な櫓が、数十基も並んでいたんだ。

日が落ちると、その櫓に一斉に火がつけられる。天高く炎が燃え盛る壮大な「迎え火」の中を。

九十キロ離れた比木神社からやって来た福智王のご神体と、一度、神社から持ち出されて神事や禊を終えて戻って来た禎嘉王のご神体を、大事に担いだ人々が行進していく。

「戦いだ。あの時も、山に火を放った」

河童の呟きの通り。十メートルを超える炎が数十、燃え上がり、天を焦がす。

炎の熱気が顔に当たり、まるで戦さの真っ只中にいる様に感じられた。

燃え盛る「迎え火」の中を、正服をまとい、烏帽子をかぶった人々が、笛を吹き、太鼓を叩きながら神門神社に向かって行進していく。

「すごい……」

勇壮かつ神秘的な光景に、私が魅せられていた、その時。

燃え盛る「迎え火」を見ていた河童が、乾いた声で呟いた。

「みんな……」

私には見えなかったが。夜の闇の中で燃え盛る紅蓮の焔の中に。河童は、千年以上前の仲間の姿を見たのだと思う。

取りつかれたかの様にフラフラと、轟音を上げて燃える「迎え火」に向かっていく河童の手を握り、私は必死に引き止めたんだ。

「どこに行くの？　私と一緒に、この時代で生きようよ！　仲間たちはもう、いなくなってしまったんでしょう？　だったら私と生きようよ」

「違う」

河童は「迎え火」を見つめたまま言った。

「オレもまた、あの時に死んでいたのだ」

そしてゆっくり振り返ると。父の顔で優しく微笑んで、河童は言った。

「先祖を誇りに生きよ。子孫に生き様を残せ」

そう言うと河童は。天高くまで燃え盛る「迎え火」の中に駆け込んで、そのまま姿を消した。

炎で燃えてしまったんじゃない。かき消す様にスゥッと消えてしまったんだ。

千年以上前に、この地でいなくなった仲間たちの所へ旅立ったのだろう。

「迎え火」がますます燃え盛り、祭りがクライマックスを迎える中。

私は、仲間たちの元へ去って行った、父の顔を持つ河童の事を思って泣いていたんだ。

これで、おばあちゃんと河童の話はおしまい。学校の宿題に出しても、先生は信じてくれるかねぇ。

そうそう、気になる事があるんだけど。

百済から来た、禎嘉王と福智王を助けて戦った宮崎の豪族は、益見太郎というんだけれど。また
の名を「どん太郎」というらしいんだ。

なぜ、二つの名前で呼ばれているのか、わからないらしいんだけど。

おばあちゃんは、人間が「益見太郎」と呼び、河童が「ドンタロ」と呼んだのが、訛って伝わっ
て行ったんじゃないかと思っているよ。

え？　河童と別れた後、おばあちゃんはどうしたのかって？

私たちの後を追って来た、古道具屋の店長に連れられて、その日は宮崎に泊まって。祭りを三日
間見て、無事に東京まで帰ったよ。

店長は、尻子玉を抜かれて腑抜けになっている間も、河童と私の会話を聞いていて、行先を調べ

て、体力が無いのに、追って来てくれたんだよ。
全く、たいした店長だよ。いざという時は頼りになるんだ、あの人は。
そう、今の、あんたのじいさんだよ。

審査員特別賞

「王の犬」

黒井友

一艘の船が、嵐の海を漂っていた。

大波に弄ばれるがごとく、持ち上げられては突き落とされる。その繰り返しだ。帆が襤褸布さながらに破れているのは、強風のせいではない。敵方から射かけられた火矢で焼かれたためだ。敗戦の船であった。もはや舵を取ることもできない船に、嵐から逃れる術はないのである。

昨晩からの嵐は、一向に収まる気配をみせなかった。

いや、それどころか、より一層のこと風は強くなり波は高くなった。ぎしぎしと音を立てて船の屋台骨が軋んだ。嵐が船を丸ごと叩き壊してしまうその瞬間まで、もう大した時間は残されていないようであった。

※

緋緞は、王の犬である。

この世に生まれ落ちたときから、ずっとそうだった。他に飼い主はいない。だから巷で飼われている他の犬どもとは丸切り異なる。つまり人間に媚びを売るような犬ではない。「餌が欲しい」とお座りをしてねだることもしないし、「頭を撫でてほしい」と尻尾を振ることもしない。

緋緞の母というのが、これまた高貴な血筋であったらしい。前に家臣らが母の話をしているとき、彼らの声音に畏敬がにじんでいるのを、緋緞は敏感に感じ取った。

――あの隋王家から、特別に一匹だけ百済王へ贈られたのだ。京巴という犬種だそうだよ。

――京巴？　聞いたことがないな。

――そうだろう、王族以外は飼うことを許されなかった門外不出の犬種だというよ。なんでも、犬のくせに人間よりも自尊心が高くて頑固。だが一方で、どんな犬よりも大胆で勇敢なのだという……。


美しい母だった。

緋緞の記憶の中に、うっすらと母の姿が残っている。長く豊かな毛に包まれた小柄な身体。丸顔には両眼が離れぎみに付いており、鼻はつぶれたように凹み、耳は垂れて体毛に埋もれていた。優美とは母のためにある言葉であった。

いつのことか定かではないが、母の故郷である隋国をも滅ぼした唐国の大軍が百済に攻め込んだ。母の苦難の日々の始まりである。母は王宮を追われ、各地を転々とする旅の中で身篭り、粗末な野営地の中で出産した。三匹の子犬のうち二匹は死産で、緋緞のみが生き残った。

ただ不思議なことに、緋緞は母の子でありながら、ちっとも母に似ることはなかった。長じるにつれ、緋緞の体格は母のそれより二回りも大きくなった。両眼はアーモンドに似た楕円形となり、鼻は前方へ細く伸び、両耳も尻尾も上へ向けてぴんと立った。だが、たった一つだけ受け継いだものがある。

毛、だ。

真っ白に光り輝くような美しい体毛は、まさしく母と同じものだ。ゆえに緋緞（絹織物の意）という名も、そこから付いた。

緋緞がようやく一歳を迎える頃、母が衰弱死した。

父のことは、知らない。

「ビダン、水を飲むか」

と禎嘉王が水の器を目の前に持ってきたが、緋緞は目もくれなかった。

船の中で真水が不足しているとかで、もう三日も交換されていないのだ。すでに器の水は汚れて、かすかに異臭がした。

飲むのは危険だ、と緋緞の本能が告げていた。ただでさえ、今は体調が思わしくない。

いやいや、と緋緞は忌々しく思いながら欠伸をした。

思わしくないどころではない、最悪だ。この酷い揺れは、いつまで続くのだろう。船が揺れているのか、己が揺れているのか、それすらもよく分からなくなってきた。吐き気がする。食欲もわかず、昨日から何も口にしていない。いま出来ることは、とりあえず体力の消耗を最小限にすることくらいだ。

緋緞は伏せのまま、静かに両眼を閉じようとして、主人の呟きを聞いた。

「我々は、今日ついに死ぬのかもしれん」

緋緞が薄目を開け、視線だけを動かして主人の方を見やると、

「うん？　お前が話を聞いてくれるとは珍しいな」

と王が嬉しげに微笑んだ。

「今朝、わしは夢をみた。懐かしい人たちが沢山いたよ。サジ将軍や妻の要花や、ああそうだ、お前の母犬もいたな。……うむ、先にあの世にいってしまった者たちだ。彼らだけではない。何万もの百済の民が、唐との戦いで死んだ。皆、夢の中でわしのことを待っておった。サジなぞは、ふふ、仏頂面をしてな、わしが来るのが遅いと怒っておったわ。長らく待たせてしまったが、ようやく、わしもあちら側に行けるような気がする……」

その言葉が終わるか終わらないかのうちに、船室の戸が勢いよく開かれた。

「父上！」

弾けるように飛び込んできたのは、禎嘉王の次男、二十三歳の華智だ。

長男の福智は別の船に乗っていたが、嵐のせいで離ればなれとなっていた。喜色を浮かべた次男をみて、禎嘉王の頭によぎったのは、まずこのことであったらしい。

「どうした？　もしや福智の船が見つかったか」

「いいえ」

「では……？」

「父上、陸地です！　ご安心ください。私も父上も助かったのですよ！」

華智は早口に、風向きがちょうど良い加減に南風に変わったことや、あと四半刻もすれば船は砂浜に漂着するだろうことを告げ、

「私は他の者たちと共に、下船の準備をしてまいります」

と慌ただしく戻っていった。

ややあってから禎嘉王は深い吐息を漏らした。

それから、

「福智の船は一体どうなったのであろう。ああ、わしはまた、生き延びてしまったようだ。サジ将軍に怒られてしまうな」

とぼそりと云った。

その口調が、いつもと違う感じがした。

緋緞はなんとなく放っておけない気分になり、立ち上がって、王の傍らへ歩み寄った。

そして、王の眼に悲しみと孤独が宿っているのを見た。最近めっきりと白髪が増え、無数の小皺が刻まれた老顔には、領土と民を失った王の深い苦悩の影が差していた。

船がいよいよ陸地へ近づき、船底が砂浜と岩に削られて大層な音をたてるまでの間、禎嘉王は無言で物思いに沈んでいた。それを見守っている緋緞の心も、いつの間にか主人と同調した。我知らず、胸の奥がずうんと重くなっていくのだった。

※

百済は、朝鮮半島南西部の国だ。

のちに「三国時代」と称されるこの時代、朝鮮半島の北方に高句麗、南東に新羅、南西に百済があり、三つ巴となって戦争を繰り返した。長い年月の中で領土の小競り合いはあったものの、狭い朝鮮半島に三つもの国家が同時に存続していたのだから、ある意味、三国の国力の均衡がとれていたのだろう。

だが、その均衡を唐が壊した。

西暦六百六十年、強大な唐軍に百済軍は敗れ、王都は陥落し、百済全土が唐の支配下に置かれた。と同時に百済の遺臣が各地へ散り、そこから百済の復興運動が始まった。

ちなみに百済の歴史では西暦四百七十五年に、高句麗に大敗を喫し、当時の王が殺されたという苦難の前例がある。

むろん百済の遺臣らは、それを知っている。

「百済は、百度敗れたとしても百度立ち上がる」

を合言葉に、百済残党が各地で集結し、唐への反乱を繰り広げた。

唐からしてみれば百済残党の兵力など恐るるに足らないのだが、如何せん地理的に遠いのが厄介である。陸路では高句麗が壁となっているため、反乱の度に水軍を差し向けることになり、そのための費用と手間が馬鹿にならない。

したがって唐は、百済残党狩りと並行して、復興運動の求心力となりうる百済王の探索に力を尽くした。王とその血族を最後の一人まで探し出し、これを根絶やしにせんとした。復興運動の自然消滅をはかろうとしたのである。

禎嘉王らの勢力は唐からの執拗な追撃を受け、その度に手勢を減らした。最終的に残ったのが僅か数人の側近と王の家族のみとなったとき、もはや百済王の逃げ場はどこにもなかった。

「いつの日か、百済を再び建てるために」

禎嘉王らは、一旦朝鮮半島を離れるしかなかった。

王の一行は二つの船に分乗し、親交のあった倭国の筑紫（現在の福岡県）へ向かう途中で、あの嵐に巻き込まれたのである。

さて、話を戻そう。

禎嘉王と次男の華智らの船は、倭国の日向金ケ浜（現在の宮崎県）へ漂着した。

砂浜へ打ちつけられた衝撃は大きく、乗っていた船は見るも無惨に大破したが、乗員に大怪我をした者がいなかったのは幸運というしかない。しいて挙げれば、華智の側近チスが右腕を骨折したくらいだ。

「この腕が折れていなかったら、あの太った鴨を射落とすくらい朝飯前だったでしょうに」

というチスの軽口は、皆の笑いを誘った。

文官のチスは、実のところ弓も剣もからきし駄目だからだ。その上、手元の弓矢が尽きてしまっているから、どんな名手だったとしても鴨を射落とすことはできまい。

ただ上陸した彼らにとって、食料と水が喫緊の問題であることは確かであった。

海に注ぎ込む河川を探しながら一行は移動し、一里ほど南下したところで清流を見つけ、水の問題は解決した。

「もう船は使えぬ。我々はこの川に沿って、内地へ進むとしよう」

王の言葉に皆が同意をした。

次に食料の確保だが、ここで誰よりも活躍したのが、緋緞であった。

※

川沿いに北へ進むと、豊かな森がどこまでも広がっていた。

頭上に背の高い木々が茂り、小鳥たちが囀っている。

水辺には鴨たちが羽を休め、森の中には鼠や兎、狐がいた。時折、大きな鹿の姿も見かけた。

緋緞はこれまで常に百済王と共に過ごしてきたために、平地の戦場にいるか、あるいは誰かの屋敷でひっそりと匿われているか、のどちらかで過ごしてきた。だから、自然があふれる中で他の動物をこのように目の当たりにしたことがなかった。

叢の中で、カサリと音がする。

あるいは、地面に足跡とかすかな匂いが残っている。

そういうことが何回か重なって、急速に緋緞の中の狩猟本能が花開いた。

最初の日に、野兎を捕まえたのが始まりだ。

ようやく船酔いから回復し、すっきりとした気分の緋緞が川の水を飲んでいるところに、やはり水を飲みにきた一匹の野兎が鉢合わせた。不運な野兎は一瞬だけ体を強張らせたが、次の瞬間には反転して逃げ出した。反射的に緋緞はこれを追いかけた。

このときまで、緋緞は己がこれほど早く走れることを知らなかった。まるで風の化身になったかのように走った。耳元でびゅうと風がうなって煩いので、両耳をぴたりと伏せると楽になった。前脚と後ろ脚がバネのように柔らかく伸縮した。ぐいぐいと野兎までの距離を詰めて、これを捕まえると、躊躇いなくその首根っこへ犬歯を突き立てて絶命させた。

他の生き物を殺したのは初めてだったが、そうするものだ、ということを本能が知っていたのである。

口の中に生温かい血の味が広がり、相手がぴくりとも動かなくなったとき、ようやく緋緞は我に返った。

森の中の景色は変わらないのだが、耳をそばだてても主人たちの声が聞こえない。川の水音も聞こえなかった。

どれだけ走ったのだろう。

少し離れすぎてしまったようだ。

鼻を高く上げて、すんと空気を大きく吸い込むと、空気の中にひとすじの、ごく微かな王の匂いを感じることができ、緋緞は安堵した。匂いをたどれば問題はないはずだ。

野兎を咥えて、緋緞は足取り軽く、歩き出した。

王の元へ帰らなければならない。

己は王の犬なのだから――。


「うわあ、この犬は凄いな。また兎を獲ってきたぞ」

チスが感嘆の声を上げ、上機嫌の華智が、

「まさか父上の犬が、これほどの猟犬とは思いませんでしたよ」

と云うのへ、

「うむ、わしも正直驚いているよ。きっと、ビダンの父犬は優秀な猟犬だったんだろう」

と禎嘉王が応えた。

緋緞が三匹目の野兎を咥えて、皆の元へ戻ってきたときだ。

すでに一匹目と二匹目の野兎は皮を剥がれて焚き火で炙られ、旨そうな香りを出していた。

使える方の左腕を器用に使って兎を焼いているチスが、云った。

「さすがに今日の分はもう十分だから、三匹目は明日に回しましょう。まあ今日のうちに血抜きをして、腑だけは取り除いておかないといけませんが」

「ああ、それなら俺がやろう」

華智が応えて、緋緞へ近寄った。

「ビダン、その兎を寄越せ」

緋緞はそのまま一歩あとずさった。

「うん、どうした？　血抜きをするから、それを渡してくれ」

無造作に野兎へ手を伸ばそうとした華智は、途中でぎょっとした表情になった。

ウウウ……。

野兎を咥えた口の端から、緋緞が低い唸り声をあげたからである。

華智が怯んだのを確認してから、緋緞は何事もなかったように禎嘉王へ歩み寄り、野兎を渡した。

「ありがとう、ビダン」

と王が微笑んで兎を受け取り、

「ほら、受け取れ」

と華智へ向かって放り投げた。

すぐさま華智が不満の声をあげた。

「ち、父上！　ビダンを叱らないのですか！　犬のくせに、この私へ唸り声をあげたのですよ」

「叱るものか」

禎嘉王が穏やかに応えた。

いつもそうだ。緋緞は、主人が声を荒らげたのを聞いたことがない。穏やかで優しい性質を持ち、度量が広く、大勢から慕われる人間。それこそが百済王であり、緋緞の主人なのである。

緋緞は満足感と軽い疲労を覚えて、王の足元で伏した。

「考え違いをしてはならぬ。ビダンは、わしらが命令して兎を獲ってきているのではない。自分の獲物を、我々に恵んでくれているのだ。そこが普通の猟犬とは違うのだよ」

「いや、しかし……」

「文句を言うなら、其方はビダンの獲った兎を食べるでないぞ」

「あっ、父上。そんなことを言われては困ります……。分かりました。では一番美味しい胸肉は、ビダンに与えましょう」

「そうせよ。まあ、二匹目の胸肉は其方が食べてよいぞ」

「いいのですか！　あっ、いえ、すみません。やはり父上が召し上がってください」

「わしのことは心配するな。其方が腹一杯に食べなさい」

「ありがとうございます、父上。……ありがとうな、ビダン」

名を呼ばれ、緋緞はちらりと華智を見やった。

※

漂着から二日目。

王らの一行は金ケ浜から西方へおよそ八里、神門という土地へたどり着いた。

周辺一帯は山川に沿って細長く森が開けており、さんさんとした温かい日差しに包まれて、倭国の民の住居と彼らの田畑が点在している。

森に囲まれた長閑な村、それが神門であった。

禎嘉王は村へ足を踏み入れた途端、なにやら感じ取るものがあったらしい。まるで眩しいものを見るかのごとく目を細めて村の様子を眺め、

「ここへ住むとしよう」

と云った。

驚いたのは華智だ。

「父上！　このような辺鄙な地に住むとは、どういうことです？　筑紫へ向かうのではないのですか。あちらには我々を支援してくれる倭国の勢力があると聞いています。彼らの助けを得て、再び百済へ戻るのでしょう？」

口早にまくし立てる次男をまっすぐに見て、禎嘉王が応えた。

「百済へ戻る、か。教えてくれ。それはいったい誰の望みであろうか？」

「そ、それはむろん、私の望みであり、今も朝鮮へ残って戦っている家臣らの望みでもあります！」

「だが民の望みではない」

「……！」

「華智、よく聞きなさい。すでに時勢は流れ、誰であっても巻き戻すことはできない。其方も今日を限りに百済への執着を捨てなさい。わしはこれ以上、血みどろの戦争に関係のない人々を巻き込むつもりはない」

「では、父上の帰りを信じ、百済復興運動をつづける家臣らはどうするのですか」

「どうもせぬ」

「そんな！」

と華智が目を剥いた。

禎嘉王は苦笑した。

「其方は若いから分からんのだろうが……。どうもしないことが、彼らの為でもあるのだよ。それにこの地へ残りたいというのは、福智のことも関係している」

「……兄上の？」

華智は顔を曇らせた。

例の嵐で福智とその家族が乗った船が沈没しただろうと華智が考えていることは、その顔色から明らかだった。華智は何事につけ、心情が顔に出やすいのである。

わしはな、と禎嘉王が云った。

「どうにも福智たちが生きているような気がしてならぬ。ここで暮らしていれば、いずれ福智と会えるような予感がするのだよ」

これまでに何度か死地をくぐり抜けたことのある禎嘉王だけに、人の生き死にに対して特別な勘が働いたものだろうか。

このときの禎嘉王の言葉が、やがて現実となった。

行商人の男から、

「あんたらと似た人たちが、比木にもおったちゃ」

と聞かされたのは、禎嘉王らが神門へ定住した後のこと。

早速、禎嘉王と華智が比木の地へ駆けつけ、間違いなく福智本人であることを確認した。福智には妻と二人の子があったが、これも皆無事で、お互いに手を取り合って再会を喜び合ったものだ。

だが神門から比木までは大人の足で二泊三日かかる距離であるから、そう気軽に出かけられる距離でもない。禎嘉王が比木を訪れたのは最初の一度のみで、あとは福智ら家族が年に一度、正月の挨拶に来るくらいであった。

それから一年経ち、また一年経ち――。

王と暮らす緋緞にとっても平和な日々が過ぎていった。

今まで暮らしたどの土地よりも、神門は暮らしやすい土地だった。

一年を通して気候が温暖で日差しが暖かく、寒風も強風も周りの森が適度に遮ってくれた。

夏になると緋緞は気の向いたときに森へ出かけ、退屈しのぎに野兎を一匹か二匹獲った。兎を狙うのは、兎が美味いからだ。焼いてもいいし、煮てもいい。緋緞が飽きないように、チスがその都度調理してくれる。それに比べて一度鼠を咥えてきたときは、チスは渋い顔をしていて、結局鼠は緋緞の食事に回ることもなく捨てられてしまった。

緋緞からすれば、せっかくの獲物が勿体ないとも思ったが、その一件以来たとえ鼠が鼻先をちょろちょろと走ろうとも追いかけることはしなくなった。無駄な労力は使わない主義である。

さらに数年が過ぎていくうち、緋緞は神門村にどんどんと人間が増えていくことに気づいた。前から住んでいた倭国の人ではなく、禎嘉王や華智たちと同じ言葉を話す人々である。

彼らは、元百済の民であった。

百済復興運動の勢いが落ちていく中で、家族を連れて朝鮮を離れ、禎嘉王や福智を頼って倭国へやってきた者たちだ。

彼らの動きが、唐国の注意を惹いたのは想像に難くない。

そして、ついにあの嵐の夜から六年目の秋。禎嘉王の存在が唐の知るところとなり、追手の一軍が日向金ケ浜へ上陸した。

※

深夜。

その部屋にいる人間は、四人だった。

禎嘉王、華智、華智の側近のチス、元百済武官の男が一人。

それに加えて、部屋の隅に緋緞が寝そべっていた。

「なに？」

華智の目尻が、きりりとつり上がった。

「いま、なんと言った？」

「だから、追手を見たのです！」

男は息を切らしながら言葉を継いだ。

「軍勢の数はおよそ二百。船は三艘あり、もしかすると兵の数はもう少し多いかもしれず……」

男の名をキチョルという。半年前に病身の妻を連れて倭国へ亡命してきた。妻の薬を入手するために、月に一度日向へ出向くのだが、その帰り道で偶然に唐軍の上陸を見かけたのであった。

さすがに、元軍人である。キチョルは物陰に隠れて暫く軍の様子を見守ったあとは、体力の限界まで走りながら神門まで戻ってきた。

つまり唐軍に先行した形になる。

そのキチョルの話では、軍の動きは緩慢であったらしい。まさか上陸と同時に禎嘉王側に知られるとは思わないはずだ。軍勢が八里の距離を移動し、この神門へ到着するのは、おそらく明日の夜だろうと推測されていた。

キチョルが云った。

「奴らが攻め込んでくるのは明後日の早朝ではないでしょうか。暗闇では相打ちの危険性がありますから」

「……明後日か」

と呻くように華智が呟いて、眉間に皺を寄せ、禎嘉王を見やった。

それだけで禎嘉王は次男の言わんとするところを汲み取ったらしい。

「とても間に合わんだろうな」

と頷きながら云った。

「何がです?」と不思議顔のチス。

「兄上の援軍さ」と華智が説明した。

「我々は女子供を含めての百人足らずだ。このままでは二百の唐軍に太刀打ちできるとは思えないが、兄上の援軍で挟み撃ちにできれば、勝算がなくもない。比木には百二十人余り住んでいるし、こちらよりも戦える若い男が多いからな。何より、唐軍の背後をつくことができる。だが比木まで片道に少なくとも二日はかかる。我々だけで何とか一日は持たせたとして、援軍が来るまでに二日半が限界だ。それ以上かかれば我らは」

全滅すると最後まで言葉にできず、華智は握りしめた拳を震わせた。

「……半日で比木へ着いたらどうです」

とチスが云った。

華智は呆れ顔になった。

「馬鹿を言うな。比木まで二十三里だぞ。どこに半日で走れる人間がいるのだ！」

「人間でないなら、可能かもしれません」

チスは、部屋の隅へ向けてぐるりと顔を回した。

緋緞だ。

ふさふさと白い毛並みを波打たせて腹這いになり、皆の話を聞いていた。

急に四人の視線が集まったのを鬱陶しく感じて、緋緞は耳先だけをぴくりと動かした。

チスが言葉を継いだ。

「ビダンは、お二人が比木を訪れたときに一緒に行ったはずです。ビダンなら比木まで半日で走れる。賢い猟犬なら一度通った道を忘れないというではありませんか」

華智が鼻で嗤って反論した。

「ふん、ビダンは人間の命令なんぞきかない犬だぞ。比木までの道を覚えていたとしたって、この気まぐれな犬がこちらの思い通りに半日で走るはずがない」

「……いや」

禎嘉王が口を開いた。

「ビダンなら、上手くやってくれるかもしれぬ」

「父上、こいつはそんな従順な犬では」

「よしんば上手くいかずとも」

禎嘉王は華智の言葉を遮り、「ビダンの命だけは助かる」と続けた。

王が既に死ぬ覚悟をしていることを察し、華智でさえも黙り込んだ。

数拍ののち、禎嘉王が低い声音で云った。

「ビダン、こちらへ来てくれるか」

主人の決意がこめられた声である。

普段なら名を呼ばれても気の向いたときしか反応しない緋緞であるが、この時ばかりはぶるりと身震いをしながら立ち上がった。

懐疑的な顔つきの華智を無視して、緋緞は王のそばへ歩み寄る。

禎嘉王が優しげに微笑んだ。

「福智の元へ、走ってくれるか」

※

緋緞には、己が何をすればいいのか分かっていた。

己の役目が重要だ、ということも分かっていた。

福智の元へ走るのだ。

禎嘉王が手紙を書き、その手紙を青い布切れで包んで細長く折り畳み、きっちりと緋緞の首へ結びつけた。それから緋緞に、福智が使ったことのある着衣の臭いを嗅がせた。

「行け！」

主人の言葉とともに、緋緞は走り出した。

福智が住んでいる場所も、そこへの道筋も覚えている。

緋緞は自信に満ちて、ゆうゆうと後ろ脚で土を蹴った。

風が耳元で唸りをあげ、森の木々が凄い勢いで後ろへ流れていった。

朝になった頃に森を抜けきると、人間が作った畦道に出た。荷車を押していた農夫のすぐ横を走り抜け、吃驚仰天した男が尻餅をつくのを横目に見ながら、ふふと緋緞は鼻の横に皺を寄せて小さく笑った。己の脚の速さが少々誇らしかった。

しばらくすると、また森の中に入った。

俗にいう獣道である。

変わらず素晴らしい速さで走りながらも、少しずつ脚に疲労がたまってきたことを緋緞は感じていた。道のりの半分はもう走っただろうが、このままの速さでは体力が保たない気がしてきた。少し速さを緩めた方がよさそうだ。

と、そのとき。

はっと何かを感じ、緋緞は急ブレーキをかけた。

だが、もう遅かったのだ。

細い獣道で、緋緞は真正面から、一頭の熊と鉢合わせた。

熊は見上げるほどに大きく、黒々とした体の胸部分に白い毛が生えていた。

熊との距離は、わずかに人間の背丈程度しかない。

ふと緋緞の脳裏に一匹の野兎の姿がよぎった。随分と昔、嵐で漂着した日に己が初めて狩った野兎——。

緋緞は悟った。あの野兎と、まさに今の己は同じなのである。

次の瞬間、緋緞は反転して逃げ出した。すぐに熊も動いた気配がしたが、引き離せると緋緞は本能的に感じた。ここから己は加速できる。いざ加速しよう、と後ろ脚に力を込めたとき、緋緞は腰に凄まじい衝撃を感じた。

だが緋緞は、体の軸がぶれながらも加速した。風が耳元でびゅうと鳴るまで速く走ると、やがて熊の気配はなくなった。ただ腰の灼熱感だけが残り、時を追うごとに激しい痛みへと変化した。

比木へたどり着いたのは夕暮れどきだ。腰の痛みのせいで「半日」という時間より二刻ばかり遅れていた。

福智は緋緞をみて、目を丸くした。

「ビダンではないか！　その怪我は一体どうしたのだ？」

走り寄ってきた福智は、見慣れない青布が緋緞の首に巻いてあることに目を留めた。それから中の手紙を読み、神門の父王らに危機が迫っていることを知ったのである。

それからの福智の動きは早かった。

まず緋緞を抱えて家へ運び、べっとりと血糊のついた緋緞の姿に驚愕する福智の妻に向かって、

「腰に爪で抉られたような傷がある。熊かもしれん。傷口をきれいに洗って晒しできつく巻いてやりなさい。それから何か滋養のある食べ物を作ってやりなさい」

と言いつけるなり、自らは援軍を率いて神門へ駆けつけるため、また外へ飛び出していった。

福智がいなくなってしまうと、緋緞は少し不安になった。

よく知らない人間には強い警戒心を覚えるのが常であるが、福智の妻がそれだ。数回ちらりと見かけたことくらいしかなかった。そういう人間と二人きりになるのは好ましくない。

盥を抱えた福智の妻が近づいてくるのを見て、緋緞はいよいよ警戒した。

あの盥には何が入っているのだろう。どうにも怪しい気がする。

緋緞は低い唸り声を発した。しかし怪我のせいで腹に力が入らず、声は途切れがちとなり、結局彼女の耳に届かなかったようだ。

「可哀そうに！　ひどい傷だわ」

彼女は躊躇なく緋緞の横に座り込むと、家の床が水浸しになることも構わずに緋緞の腰の傷を洗い始めた。

時折あることだが、こちらが作った警戒心の垣根をひょいと乗り越えてしまう人間がいる。一旦乗り越えられてしまうと、緋緞としても決まりが悪いような気になる。拍子抜けしてしまうのだ。このときもそうだった。緋緞は彼女のなすがままに任せることに決めた。すると、張り詰めていた気が緩んだせいだろう。急に眠気が襲ってきて、緋緞はうつらうつらと眠り始めた。

気づくと、辺りは夜の闇に包まれていた。

己の腰には晒しが幾重にも巻きつけられて既に出血は止まっており、部屋の奥で福智の妻が食事の用意をしているのが目に入った。福智の妻は緋緞が目を覚ましたことに気づかない様子だ。

緋緞はのそりと立ち上がり、そのまま家の外へ出た。

篝火が一つ、明々と村の中心を照らしていたが、周りに人間はいなかった。福智らはもう出発したものらしい。

緋緞は森へ向かおうとして、一度だけ福智の家の方を振り返った。正直にいうと、暖かい寝床と食事に多少の未練があった。

数拍ののち、緋緞の足は再び動き出した。

夜の森へ。

王の側へ帰るために。

辺りがうっすらと明るくなってきた。

神門村で王から手紙を託されてから、二度目の朝を迎えたことになる。つまり唐軍が神門村へ襲いかかっている時分であった。

緋緞はこれを知らなかったが、何か良くないことが起こっているということは漠然と理解していた。禎嘉王や福智らの表情から十二分に分かることだ。それゆえ早く神門村へ帰りたいと思っていた。

が、朝の光に照らされた森の様子に、緋緞は首を傾げた。

いつの間にか、知らない景色の中を歩いていることに気づいたのである。

周りには見たことのない木々が茂り、見たことのない川が流れていた。

なに、心配ないと己に言い聞かせながら、緋緞は鼻先を高く上げて、すんと空気を吸い込んだ。

主人の匂い、そうでなければ知っている森の匂いが少しでもあればいい――。

しかし何度空気を吸い込んでも、匂いが分からないのだ。

己の嗅覚が鈍っていると知ったとき、緋緞は愕然とした。

どういうことであろう。熊にやられた怪我のせいだろうか。原因は分からない。ともかく知っている道へでないといけない。

強い焦燥感に駆られるように森の中を滅多矢鱈と走ると、途中で腰の傷口が開いて、またじわりと出血が始まった。やがて福智の妻が巻いてくれた晒しが血で染まり、己の白い毛をつたって、ぽたりぼたりと血が滴った。

緋緞はだんだん、走れなくなってきた。思うように脚へ力が入らない。

それでも、何とか歩くことはできた。

緋緞は諦めなかった。

時折、鼻先を上げて主人の匂いを探しながら、ひたすらに歩き続けた。

どれだけ歩いただろうか。

夜になって少しだけ眠り、また朝になってから歩いた。

三日目。緋緞は、ついに空気の中にひと筋の、主人の匂いを見つけた。嬉しくなって両眼を見開いたが、どうしたわけか今度は眼のほうが霞む。

しかし、もう緋緞は心配していなかった。匂いをたどれば問題ない。

己は主人のところへ帰るのだ。

己は王の犬なのだから――。


王の匂いを探しながらなおも進むと、緋緞はいつの間にか、己が戦地の中を歩いていることに気づいた。

田畑が無惨に踏み荒らされ、焼け焦げた家屋の骨組みだけが残って、焦げた柱から赤い火花が飛んでいる。空気が血と鉄が混ざった匂いで澱んでいた。

それは緋緞に、かつて百済で過ごした日々を思い起こさせた。嫌いな匂いだったが、どこか懐かしいとも思うのは、どんな記憶の中にも常に王の姿が己の側にあるからであった。

会いたい、と強く思った。

王の側に帰りたい。

己に向かって優しく微笑みかけるあの顔が、もう一度見たかった。

そのとき、

「ビダン!」

王の声が聞こえた気がした。

どこだ。

やはり視界がぼやける。妙だ。なんだか体から力が抜けていくような――。

緋緞ががくりと脚を折って崩れるように倒れこむのと、駆け寄ってきた禎嘉王が腕を伸ばすのとは、ほぼ同時だった。

「ビダン……」

白い体毛を血で赤く染めている緋緞を抱きとめて、禎嘉王は嗚咽した。

「よく、……よく戻ってきたな。よく頑張った、ビダン……」

耳元ではっきりと主人の声を聞きながら、緋緞は最期に、かすかに尻尾を振った。

※

このときの唐軍との戦いで華智は奮戦の末戦死し、禎嘉王も矢傷を負った。まさに敗色が濃厚となったそのとき、福智らの援軍が駆けつけ、これを撃退することを得た。

その後、禎嘉王はこの時の矢傷が元で死んだ。

禎嘉王が祀られた神門神社に、犬の緋緞も共に眠っている。

佳作

「金の飴」

門武鸞

二〇二二年の六月一七日。今日、はるばる韓国から、百済文化交流記念式典に出席するため、宮崎県の美郷町まで足を運んでいた。

地元関係者の案内で西の正倉院の展示館で催されている宝物展を見学させてもらっていた。中には、百済王族の遺品とされる二十四面の銅鏡など、貴重な宝物が並べられていた。

中の展示品は一通り見終えたものと思って、少し急ぎ気味に足を進めると、ちょうど出口のそばに置かれた小さな展示ケースに、ふと目が止まった。

ケースの中には、先がやや丸みを帯びた小刀が一本飾られていた。戦や狩猟用とも思えないほど、地味で大人しすぎるかたちだ。隣の若いカップルもケースの中をのぞき込んでいる。

「何に使うものかしら」と、若い女性が言った。

相方の男性はキャプションを見ながら「蜜刀……蜜を取るための道具だって。昔の人も蜂蜜を採って食べていたんだね」と、相づちを打った。

「呉先生、もうすぐバスが出ますよ」

交流協会の案内役である佐藤さんが私を呼びに来た。

私は、ポケットから先祖代々伝わる蜜刀を写した写真を急いで取り出した。

「似ている、いや一緒のものだ」

「何が一緒なんですか？」

佐藤さんが写真をのぞき込んでくる。

「それとこれですよ」

私は、ケースの中の蜜刀と写真をガラス越しに重ねるように見せた。

「あれ、同じものじゃないですか！」

そばを通った正倉院の学芸員も足を止めて、展示品と写真を見比べた。

『呉丁安』という漢字三文字が薄く刻まれた、錆びだらけの蜜刀。

私は展示ケースに向かって深々とお辞儀をし、静かに手を合わせたのだった――

※※※　　※※※

――六六〇年七月一八日。百済王は、唐と新羅の大軍が、百済王国最後の拠点である扶蘇山《ぷんそんさん》に攻め込む様子を間近に見て、ようやく故郷を捨てる決意を下し、退却を指示したのだった。

敵軍の厳しい追撃から逃れるため、同盟を結んでいる倭国へ海路で向かうこととし、その規模は、王族やその側近、召使いなど総勢百人ほどを引き連れての逃避行となった。

城を脱出した後、扶蘇山の北側にある船着場に待機させていた八隻の黄布帆壱船に王族関係者が分乗し、出航する。

船着場を離れ、川幅の真ん中あたりまで進むと、白馬江を見下ろすように、断崖絶壁の上に築かれた東屋『百花亭』が目に飛び込む。

その断崖の先には、きらびやかな服を着た女性たちが大勢列をなしている。彼女らは城から逃げ遅れた宮廷の女官たちだった。

既に城の中には、唐と新羅の連合軍が大勢なだれ込み、気勢を上げる声があちこちに響いている。中には当たりかまわず火を放つ兵もいた。

崖の上に立っていた先頭の女官が、その場から飛び降りた。彼女の後に続くように、後ろに控えていた女官たちも次々と崖から飛び降り、川の中へと身を落としていく。中には途中の岩場に体を打ちつけ、そのまま身動きしない者もいた。

彼女らは、敵軍が城に近づいてきたと知るや、我が身もここまでと言わんばかりに崖の縁にある東屋まで避難し、敵兵からおのれの純潔を守ろうと、自ら身を投げたのであった。

次々に崖下へ飛び込む女官たちの姿は、まるで花がヒラヒラと舞い落ちるように白馬江の中へと消えていく。

王をはじめ、船からその様子を見守っていた誰もが、目の前の光景になすすべもなく、胸が締めつけられる思いをしながらも、扶蘇山を後にするしかなかった。

そこへ、一隻の船が川面に漂う彼女らを救おうと、崖に向かって転回しようとした。しかし、流れが強いこともあって、川面を漂う花びらのごとく、女官たちの体はどんどん反対側へと流されていく。

その距離はしだいに広がっていき、結局、彼女らを救おうとしたその船は、しかたなく元の方向へと舵を戻した。

※

蛇行する白馬江をようやく抜けると、大海原が視界に入り、波のうねりが大きく船を揺らす。敵の軍船が追ってこないか、後方の河口付近を振り返る。幸いにも敵の姿は見えない。

ここで一息つきたい心境になるところだが、誰の顔にも安堵の表情は見られない。この先何が起こるかわからない逃避行の中で、誰が生き残ることができるのだろう。

優雅できらびやかな身なりをした女官たちも、最後はあのように自ら身を投げるまでに追いつめられていったのだ。

誰もがこの先、自分の身に明るい未来があるとは信じていない。ただ、残された運命にすがらんばかりに生きるしかなかった。

黄色の布帆を掲げ、屋根付きで他の船よりも一回り大きい王の座乗船を中心に船団を組もうとするが、風と海流が強く、それも難しかった。

船団を離れていく船がしだいに増えていく。既に三隻が遠く視界から離れていった。この航海が困難なものになることは誰の目にも明らかだった。

※

この度の逃避行に付き従った者たちの中には、王族の側用人たちだけでなく、専属の料理人など王室の生活を長らく支えていた者たちもいた。

その中には、家業の鍛冶職人から養蜂家に身を転じ、今では王室お抱えの養蜂家にまで身を成した呉丁安という男の姿もそこにあった。

彼は、『金の飴』ともいわれる貴重な蜂蜜を二つの蜜壺に、そして蜜蜂の群を三つの大きな木箱にそれぞれ詰めて、王族たちとともに、逃避行の船旅へと臨んだのであった。

※

百済の王族がこのように故郷の地を離れる今からおよそ百年前。養蜂が百済の地に伝えられると、蜂蜜は『金の飴』と呼ばれるほどの評判を呼び、百済に自生する薬草の蜜を吸ってできたものは高貴薬としても重宝され、王族の病気や怪我の治療にも大いに効果を発揮し、黄金同様に貴重なものとされた。

王室は、そうした貴重な蜂蜜を集める養蜂家たちを王の専属としたことから、養蜂の技術は百済の地で飛躍的に発展することとなった。

そんな貴重なものであることから、百済王は唐をはじめとする他国への朝貢の際には、宝物とともに、必ずこの蜂蜜を添えるほどであった。

ところが、唐の王は、献上された蜂蜜を口にした妃の病気が不思議にも快癒したことをきっかけに、この貴重な蜂蜜すべてを我が物にしようと、百済への侵攻を画策した。

唐の意向を受けた新羅は、逃げた百済の王族たちとともに、随伴している養蜂家たちも捕まえるべく、追討軍を派遣したのだった。

※

倭国に近い海峡のあたりを過ぎるまでは順調だった。しかしその後、天候が悪くなり、しばらくすると大時化にも見舞われた。

百済の地を出発して三日も過ぎると、王族たちの中には弱音をもらす者も出始める。そんなとき、呉丁安が手持ちの蜂蜜を差し出すと、それを口にした誰もが故郷を思い出し、涙を浮かべた。同時に甘い蜜の味は、彼らに生きる勇気も与えた。

そんなことだから、二つの壺に入れた貴重な蜂蜜はどんどんと量を減らしていった。

それでも丁安は全く気にしなかった。彼の手元にある三つの木箱。この中には貴重な蜂の巣と多くの蜜蜂が入れてあった。箱に耳を当てると、中からぶんぶんと蜂たちの飛ぶ音が聞こえる。

新しい土地でこの蜂たちを放てば、王様においしい蜂蜜を再び召し上がっていただける……そんな思いだけが、彼の心の支えでもあった。

※

王族たちの命と健康を守るため、やむなくみなに蜂蜜を分け続けたが、壺の中を見るともう底をつきかけていた。今では木箱の中の巣蜜にまで手をつける始末。

これ以上、蜜に手をつけてしまえば、蜂たちの命にもかかわる。この貴重な蜜は蜂たちの命をも支えているのだ。

しかし、王族たちの健康が危ぶまれる中、とうとう木箱に残った巣蜜にも手をつけざるを得なくなった。

蜂たちは食べるものがなくなり、日に日に弱っていく。このまま木箱の中で蜂たちを餓死させるのはとてもしのびない。丁安は泣く泣く、船上で木箱のふたを開けて、蜂たちを大海原に放した。

潮風に蜜蜂たちが耐えられるとも思えない。遥か遠くではあるが、陸影がかすかに見える。あそこまでたどりつける蜂はどれくらいいるだろうか。

このうちの何百匹、いや何十匹でも生き残ってくれたら……そう願うしかなかった。

彼の手元に残ったのは、空の蜜壺のほか蜂のいなくなった木箱。そして、鍛冶職人であった彼が自ら作った蜜刀一本だけであった。

※

船団は既に百済を脱出した時からおよそ半分ほどに減り、船は風に流されるまま沿岸を進んでいく。

大きな島のようでもあるし、大陸のようでもある。切り立った崖の近くはなるべく避け、広い砂浜を探した。南下すればするほど、白い砂浜の見える光景が続いた。

船たちをゆっくりと浅瀬に近づける。竜骨が白い砂浜にザザッと乗り上げた。百済からの逃避行の旅。ここに至ってようやく、百済王が乗船する船団の一群が、倭国の海岸に漂着したのである。

上陸するとすぐに、王は随行していた王専属の占い師をそばに呼び寄せた。ここは全く見知らぬ土地。早速、占い師に、これからどうすべきかを占わせた。

占い師は、砂浜に木製の小さな台を置き、濃緑色の布地を敷いた。皮製の袋からじゃらじゃらと小石や貝殻をその上に無造作にぶちまけた。

占い師は布の上に撒かれた小石や貝殻の位置関係を慎重に見定める。王がそばまで近づき、「どうだ」と問うた。

「ここから七、八十里離れた北西の山中へ、川沿いに進むべしとの結果が出ました」

占い師は既に小石や貝殻を片付け始めている。王は側近や近衛兵を呼んで、何事かの指示を出した。

こうして、王族の一行は、荷物を集め、山中に向かって歩を進めることとなった。丁安もほんの僅かしか残っていない蜜壺をひとつ大事に抱えながらの同行となった。

海に向かって流れる川（※宮崎県にある現在の耳川）を見つけると、その川沿いに北西に向かって進んだ。

それから二日目のこと。百済の一行は、土地の豪族らしき一味と遭遇する。山中を歩き通し、木々が少し開けたところに出ると、いきなり大勢の武人たちに取り囲まれたのだった。このままではなすすべもなかった。

そこへ、ものものしい武具に身を包んだ大男が一同の前に現れると、ひときわきらびやかな衣装に身を包んだ百済の王が前に進み出て言った。

「おまえたちは何者か？」

目の前の大男の話によると、ここは日向という国で、自分はこのあたり一帯を支配している豪族の長だという。

王は、豪族の長に向かって助けを請うた。

「私たちは、ここ倭国の同盟国である百済から参った者です。敵軍に追われ命からがらここまで逃げてきたのです」

しかし豪族たちは王の言葉を不審がって、なかなか剣を下ろさない。

ここで追い返されたり、殺されては元も子もない。命からがらここまでやって来た苦労も水の泡である。

このままでは自分たちを受け入れてもらうどころか、危害を加えられかねない。そう悟った王は、すぐさま側用人を呼び寄せ、貴重な宝物の一部である鉄製の酒杯を、豪族の長に差し出させた。

長は酒杯には目もくれず、王が手にしている大きな剣に目をやった。そのそばで、やり取りの一部始終を固唾を呑んで見守る呉丁安。

これを奪われてはこれから先、王自ら身を守るものがなくなる。

それになにより、王が帯同するその剣がいかに希少で価値あるものかを、丁安は肌身で知っていた。なぜならこの王の剣をつくったのは、百済一の刀鍛冶でもあった、彼の父だったのだから。

呉丁安はとっさに機転を利かし、わずかに残っていた蜜壺の中の蜂蜜を豪族の長に差し出した。

「これは私たちの故郷で、倭国の同盟国でもある百済でつくったものです。王族の中でも限られた者しか口にできない大変貴重なものです」

長は蜜壺を受け取ると、不審そうに中をのぞき込む。丁安が木製のヘラを差し出し、それでかき集めて食べるよう促す。

長はヘラについたわずかな蜜を口にすると、表情が一変した。彼は夢中になって蜜を口に入れ、ヘラの先をしつこく舐め続けた。

「この土地でも、このようなおいしいものがつくれるのか」

丁安は「もちろんでございます」と答えた。

「我々でも簡単につくれるのか」

丁安はここで機転をきかせて、「このつくり方を知っているのは私たちだけです。もし助けていただけるのであれば、その方法を伝授してもよいでしょう」と答えた。

このやりとりをきっかけに、長は王族の関係者を手厚くもてなすよう部下に命じて、敵の追っ手が攻めてきた場合は、ともに戦い守ってくれることを約束してくれたのだった。

※

豪族の集落からそれほど離れていない場所に、百済の一行が仮住まいできるだけのわずかな土地が与えられた。

とにかく身の安全が一時的にせよ保証されたのだ。みな安堵の気持ちでいっぱいだった。

呉丁安もさっそく近隣の山々に足を運び、植生などを調べ始めていた。

そんなある日のこと。丁安が近くの丘を歩いていると、野原に一匹の蜂を偶然見つけた。彼は思わずその蜂を追いかけた。蜂は森の中へと入っていく。そのまま追いかけ続けていると、途中、蜂の巣をいくつか見つけた。

森が開けたところに出ると、そこは開けた丘になっていて、あたり一面は花畑。色とりどりの花が咲き誇り、蜂や蝶々、様々な虫たちが飛び交っていた。

そうした虫たちをねらう鳥たちもたくさんいた。ここはまるで植物や動物たちの楽園のようだった。

戦乱で家を焼かれ、田や畑までもが血で染まった百済の地とはまるで違ったのだった。

丁安はこの地を歩きながら、地形や自然環境にも注意を向けた。彼は即座に思った。ここは、わが故郷百済に劣らない豊かな地であると。

歩きながら途中見つけた花の種類だけでも、あたり一面この季節に花を咲かせる蜜源植物や花粉源植物が豊富にあることに気づいた。

養蜂を続けるには、蜜蜂の餌になる蜜をたくさん出してくれる花があるかどうかがまず大事で、春先から晩秋に至るまで途切れずに蜜や花粉を供給してくれる花が咲いていることが条件となる。

彼は百済王御用達の優れた目利きを持つ養蜂家であったから、ここ日向の地が養蜂に向いていることをすぐに悟った。

※

ここ日向の地を初めて踏んでからおよそ二年。百済の王族たちは、地元の民たちの庇護のもと、慎ましくも心穏やかな安寧の暮らしを送っていた。

丁安は養蜂用の木箱をたくさんつくり、山中に置いてみたところ、いくつかの箱にたくさんの蜂が集まっていることに気づく。

見慣れた大きさと模様の蜂たち。よく見てみると、なんと百済から一緒に連れてきたあの蜂たちそっくりである。すると、この地までたどり着き、繁殖までしていたというのか……。

そうか……百済から連れてきた蜂たちは、無事に海をわたり、女王蜂のもと離散せずにまとまって行動していたのだ。

丁安は懐かしさと嬉しさのあまり、蜂たちがぶんぶんと音を立てて飛び交う中を、上半身裸になって思わず踊り始める。

しかし蜂たちは不思議にも彼を針で刺そうとはしなかった。まるで蜂たちも、彼と一緒に再会の喜びを分かち合い、舞い踊っているかのようであった。

※

丁安がつくった蜂蜜は、豪族の長の年老いた母親や彼の妻の病気をも治した。

丁安は、薬草の花蜜を多く吸った蜜蜂の蜜だけを特別に選んで残しておき、それを医療用に使ったのだった。丁安は養蜂家であると同時に、医者としての役割も果たしていた。

もともと百済では、蜂蜜は薬にも用いられていたほどで、飲み薬としてだけでなく、抗菌作用もあるので、刀傷にも塗り込み、傷の治療にも役立てるほど重宝されていた。

こうして百済の人々は、日向の民に受け入れられ、蜂蜜を通じて強い絆で結ばれていったのである。

※

丁安は、地元の民と一緒に養蜂を始めることにした。この技術をこの地に残して、人々がもっと豊かになることを願ったからだ。

養蜂の技術は日向一帯へと広まり、この地で採れた蜂蜜は倭国の王への献上品ともなった。

蜂蜜を使った料理に、地元民たちと一緒に舌鼓を打つこともあった。特に、屠ったばかりの猪や鳥の肉に蜂蜜を染み込ませ、山菜とともに塩で煮込んだ料理はたいそうな評判となり、地元の名物ともなった。

地元民の中に、そうした蜂蜜料理をすぐに覚えて、上手につくる娘がいた。丁安は彼女を見初め、豪族の長の許しも得て結婚することになった。

丁安とその娘との結婚は、百済の民と日向の民の友好を象徴するものとして、百済の王もたいそう喜んでくれた。

神への感謝のしるしとして、年に一度、蜂蜜の恵みを祝う収穫祭のようなものも行うようになった。

ここで日向の民と百済の王族たちは、一段と交流を深め、いつまでもともに楽しく暮らしていけるはずと思われた。しかし……。

※

突如として、多数の軍船が日向沖に姿を見せた。どの船にも紺色に三日月模様が描かれた新羅の旗が掲げられている。銅鑼を鳴らしながら岸にどんどん近づいてくる。刀や槍、弓矢で武装した、唐と新羅の兵士たちがあふれんばかりに乗っていた。接岸するやいなや、およそ千人にものぼる兵たちが次々と日向の地に上陸していく。

彼らは、鬨の声を上げながら剣を振りかざし、日向のあちこちの集落を襲っては、家々を焼き払っていった。

豪族の長の軍勢が応戦するものの、鉄製の武器や強力な弓矢などで武装した唐と新羅の軍には到底かなわなかった。

百済の王族たちは集落を脱出し、さらに山奥へと逃げる。敵の軍勢は彼らの後を執拗に追いかけていく。

一行は、地元の民が『みみかわ』と呼ぶ大きな川沿いに、以前占い師が予言した王族安息の地を目指して、北西に向かって奥へ奥へと進んでいった。

どれほどの距離を歩いたのだろう。山中で大きく開けたところまで出ると、屋根のある小さな建物の前にやって来た。門には『神門神社』と墨で書かれた木の札がかけられている。

「百済で信仰していた仏教と少し違うようですが」

従者の一人が、神殿の中を覗き込み、王に向かって言った。

「この地で助けを請おうというのだから、まずはこの地の神に首を垂れ、祈りを捧げるのは当然のことだ」

王はそう言うと神殿に近づき、ここまで携えてきた貴重な宝物の一つである銅鏡を供えさせると、手を合わせて一心に祈り始める。

そんな王の姿を見た誰もが、同じように手を合わせて祈りを始めた。

祈りを終えた王がようやく後ろを振り返った。

「ここで応戦体制を取ろう。女子供を連れて、これ以上進むのは限界のようだ」

王は疲れた表情ながらも毅然とした態度で言った。

近衛兵三名がすぐに神社の門のあたりまで移動し、周囲への警戒を強める。

ここまでともに逃げてきた誰もが疲れ切った表情で、地面に腰を下ろし始める。

丁安は、背負った袋の中から蜜壺を取り出し、王に差し出そうとすると、「私は最後でいい。それよりも子供や女、警護に就く兵たちに」と言って、自らに付き従ってきた者たちを指さした。

一人に一口ずつ。疲れ切った表情の誰もが、丁安の蜂蜜を口にした途端、その表情を和らげた。

丁安は、自分が生きている実感、この世に残された使命をこの時ほど感じたことはなかった。

※

周囲を警戒していた丁安は、襲われた集落から命からがら逃げてきた村人と出くわした。彼の話によると、逃げる途中、敵兵の会話を偶然耳にし、百済の王族関係者すべてを皆殺しにし、蜂を使って蜜を集めるある男だけを連れ帰るつもりのようだと教えてくれた。

丁安はこの話を聞いて大いに驚き、この村人の話をすぐに王へ報告した。

「王族はみな殺害、私を大陸に連れ帰るよう指示を受けている様子です。おそらく貴重な養蜂の技術を手に入れるためでしょう」

「おまえのその命が保証されているというなら、おまえだけでもここから……」

「私は唐や新羅のために生きる気など毛頭ありません。王と一緒に運命をともにするつもりでここまで仕えてきたのです」

「その気持ちは嬉しいが、我々百済の王族の運命ももはやここまで。これ以上の……」

「諦めるには早うございます。ここで提案なのですが、私がおとりになりますので、王はここからさらに山奥へとお逃げください。私にいい考えがあります。少しでも敵兵を引きつけておきます」

「おまえにそんなことができるのか」

「とにかく私を信じてください。少しばかり兵をお借りしますが」

「丁安よ、あまり無茶するでないぞ」

※

丁安は、王の近衛兵と地元豪族の兵たち十五名ほどを引き連れ、これまで逃げてきた道を戻るように進んでいく。

養蜂を通じてこのあたりの地形には馴染んでいるつもりだ。自分がよく知る山々に敵をおびき寄せる作戦に出たのだ。今ではこのあたりも勝手知ったるもの。蜜蜂を集める木箱をどこに置いたのかもすべて頭に入っている。

敵の軍勢が、ある場所まで追ってくるように、丁安は山道のあちこちに自分が進んだ証拠や目印を残していく。

斥候の話では、一番高い木の上から眺めると、敵の一派がこちらの後をつけてきているのが見えたという。丁安は養蜂用の木箱のある一帯まで追っ手を引きつけることにした。ここで少しでも敵軍を引きつけておき、王族たちが逃げる時間を稼ぐつもりだった。

※

ようやく目的の場所までたどり着く。ここには十箱以上の木箱が置かれていた。丁安はそのうちの二つの木箱の蓋を開けてみる。そこにはたっぷりの蜜を含んだ蜂巣が詰まっていた。

そして、そのまわりに蜂だけを納めた木箱を取り囲むように置いた。ここで丁安は、いきなり蜂だけの木箱八個を木の棒で次々と叩いていく。

箱の中でおとなしくしていた蜂たちは驚きと興奮のあまり、木箱の中の壁をどんどんと音をたてながら体当たりする。

丁安はその音を確認するなり、急いでその場から離れるよう味方の兵たちに促す。

しばらくして、敵軍が木箱の置かれた一帯に到着する。敵の兵たちは、開けられた蓋の隙間からはみ出さんばかりの黄金色の巣蜜に目を奪われた。

これまで飲まず食わずで追撃を続けてきた敵の兵士たちは、巣蜜を手に取り、むさぼるように食べ始めた。他の兵士たちもまわりの木箱をどんどん開け始める。

「ギャーッ！」

突然、あちこちから悲鳴と怒声がわき起こる。

興奮した蜂たちが木箱から一斉に解き放たれるや、次々と兵士たちを襲い始める。蜂の大群が唐と新羅の兵たちを追いかけまわす。

敵兵たちは悲鳴を上げながらあちこちにばらばらになって逃げ回る。

茂みに隠れていた、丁安に同行していた地元豪族の兵たちが、まとまりを失った敵兵たちに向かって、切りかかる。丁安も自らの蜜刀を振りかざして、敵兵をけちらしていく。

蜜蜂たちが自らの命を顧みず敵兵に襲いかかり、我々の命を助けてくれたのだ。

※

しばらくして、木箱のある場所に戻ると、針を刺した蜂の死骸があたり一面に落ちていた。

普段は温厚な蜜蜂でも、攻撃して一度針を刺してしまうと、下部の内臓とともに針が抜けて、命を落とすことになるのだ。まさに命がけの攻撃。

蜂が我々の命を救ってくれたのだ。

養蜂家である丁安にとっては、自らの命と同じぐらい大事な蜂たち。彼らの命と引き替えに、自分たちの命を守ることができたのだ。

丁安はその場で、蜂の亡骸をひとつひとつ丁寧に拾い集め、その遺骸を埋めるための塚をつくった。彼はいつまでも塚の前で手を合わせた。

その塚は、地元でも蜂塚、時には蜜塚とも称されながら、時代を超えて人々の間で長く語り継がれたのだった——

※※※　　※※※

――今回美郷の地を訪れたもう一つの目的。西の正倉院で展示を見学したその足で、美郷町にある唯一の養蜂場『みさと養蜂場』を訪れた。

養蜂場を経営する須藤さんの案内で、車で山道を十分ほど走った場所にあるという蜂塚へと向かった。

塚には大きな石が置かれ、『蜂塚』という文字が大きく、深く刻まれていた。

私はここでも長い時間手を合わせ、人のために役立った、数多くの蜂たちの運命に思いを至らせたのであった。

そして、須藤さんにあの写真を見せてみた。

「あれま！　うちで代々受け継いできたもんとそっくりだわ」

そこで改めて、彼の実家に保管されている蜜刀を見せてもらうことになった。

実際に手に取って見てみると、刃の下の部分に『呉丁安』という文字が彫られ、柄の真ん中部分は大きくくびれている。この細くくびれた部分に藁で編んだ縄を巻いて、滑り止めにしていたのだ。

「間違いないでしょう。私の先祖、『呉丁安』によるものです」

私と須藤さんは、その場で固い握手をした。

佳作

「靴が鳴る」

中野七海

タクシーに乗ってまだ十五分も経っていないのに、もう一時間以上も乗っている気がする。見知らぬ街の秋色に染まった街路樹が次々と車窓を流れてゆく。まるでテレビドラマによく出てくるワンシーンのようだ、と阿比留慶子はフロントガラスに打ちつけている大粒の雨をぼんやりとながめていた。

タクシー運転手が、環状八号線沿いに建つ巨大な大学病院の『夜間救急』と表示された赤いネオンサインを目にして、左のウィンカーを点滅させた。『緊急車両』と記載された黄色い枠内を避けてタクシーは停車した。

慶子はタクシーを降り、目の前の通路の先、大きなガラス扉に視線をはしらせた。

大きな両開きの扉に赤字で記載された『時間外出入口』という文字を見た途端、いままでの落着きが嘘であったかのように、彼女の体に震えがはしり、歯の根が合わずにガチガチという硬質な音が口の中で響いた。

秋にふさわしいベージュの薄手のコートを羽織った慶子は、ガラス扉へと小走りに駆け寄った。受付の警備員に氏名を尋ねられ、この病院へと運び込まれたはずの子どもの名前を告げた。

もどかしいほどの数秒が過ぎたところで、警備員が「いまから緊急手術にはいるようですね。手術室は西館の三階です」と告げ、行き方を教えてくれた。

彼女は教えられたとおりの階段と無機質な音を響かせる通路を勢いよく駆け抜けてゆく。

西館三階のいくつかある手術室の一角を曲がったところで、ストレッチャーに乗せられて、いままさに手術室に入ろうとしている我が子の姿を見止めた慶子が、「拓海！」と叫んで駆け寄った。その叫ぶ声に、ストレッチャーを取り囲んでいた一団の動きが止まった。

駆け寄って子供の手を握った慶子の体を看護師が抱き止めて、

「阿比留拓海君のお母さんですか？　これから拓海君の緊急手術にはいります。ここでお待ちください」

と、冷静に告げた。

すがるような視線を執刀医へと向けると、「全力を尽くします」と淡々とした口調で軽く頭を下げる。ストレッチャーを囲んだ一団が一秒でも惜しいという切迫感をまとって、手術室の中へと消えていった。

しばらくして、手術室出入口扉の上に〝手術中〟の文字がくっきりと灯った。

阿比留慶子は力が抜けたように清潔に磨き上げられた手術室前の通路にへたりこみ、何度も何度も額を床にこすりつけ、「拓海を助けてください。お願いします」といままで一度も頼ったことのない祈りの言葉を繰り返した。


電話の鳴る音が聞こえた。自分のスマートフォンではなく、カウンターキッチンの端に置いた固定電話の着信音だ。ドキリと胸の奥で心臓がひとつ強く脈打つ。

阿比留彩美はガスコンロの火を止め、瞳に不安げな光を宿して固定電話機のディスプレイ画面を覗き込む。

ちいさなディスプレイ画面に表示された発信者番号と『阿比留慶子』の名前を見て、「やはりお義母さんか」と小さくため息をついた。

「ねえ、拓海君。お義母さんから電話よ。出てくれるかな。いま、夕飯の準備でちょっと手が離せないのよ」

きまり悪そうに夫の拓海に言いながら、彼女はガスコンロの前に戻り、深鍋に入れたロールキャベツを煮込み続ける。いったん途切れたロールキャベツを煮込むスープの芳醇で甘い香りが、またゆっくりと立ち昇り始め、キッチンを至福の香りで満たし始める。

彩美から「お義母さんの電話に出て」とうながされた拓海が、リビングルームに置かれた固定電話機の子機を取り上げた。

なにやらときおり笑い声を織り交ぜた親子の楽しそうなやり取りに、私もお義母さんとあのように会話ができたら良いのになと彩美の心が暗く沈んでゆく。

十数分で話が終わり、彼が子機の通話切断ボタンを押した電子音が響いた。

「お義母さん、なんの用事だったの?」と拓海へ気軽に問いかけできればいいのだけれど、義母に対して心がひとつふたつ、気後れしている彼女には、それがなかなかできない。

ふたりが電話の件で話し始めたのは、とても上出来な夕食が終わり、彩美がキッチンで食器類の後片づけをしながらだった。

「ねえ、拓海君。さっきのお義母さんの電話……何だったの？」

彼女は小さくひと呼吸をして、取って付けたような笑顔を浮かべながら尋ねた。

「ああ、今年の帰省はどうするのって話だよ」

ソファーに浅く腰かけ、リビングの天井を仰ぎ見ながら拓海が答える。

「そうよね、あと一か月もすれば、お正月だからね……拓海君、どうする？　帰る？」

洗い終わった食器類の水滴を、ふきんでキュキュッと拭い取りながら彩美が隠し切れない不安を声に乗せて彼に尋ねる。

拓海の故郷である宮崎県の緑深い美郷町へと帰省しようという話になると、

「明るくほがらかにぼくの傍で笑顔を浮かべている彩美の顔が曇り、声にかすかなざらつきと湿気を帯びて眉間にしわがよる」

と、拓海がからかう。

彩美が拓海と結婚したのは昨年の秋、神宮外苑のイチョウ並木の葉が黄色に色づき始めたころだ。

彼女が二十八歳、彼は二十四歳だった。彩美が勤務する大手ＩＴ開発会社に四年後輩で入社してきた拓海といくつかのシステム開発で一緒に仕事を進める中で、いつしかふたりの気持ちが一緒に寄り添い、共に生きてゆくことを誓い合った。

（結婚してもう一年が経つのか……。それともまだ一年というべきなのかな……）

彩美の思いがふっと昨年に寄り添ったとき、拓海が「あっ、そうだ。一大ニュースを話すの、忘れていたよ」と小さく声をあげた。

「えっ？　一大ニュース？　なんなの？」

「いや、先ほどの電話で、おふくろがさ、年明け一月の『師走祭りの夜神楽』で舞うことになっちゃった、と言ってきたんだよ」

「えっ？　お義母さんが夜神楽を？　まさか！　拓海君の聞き間違いじゃないの？」

物静かで出しゃばることなど一切ないあのお義母さんが、師走祭りの夜神楽につめかけた多数の観客の前で神楽を舞うなんて信じられないという思いが声に乗り、つい詰問調子で彼に問いかける。

「ほんとうだって。聞き違いじゃあないよ。だっておふくろは小さい頃から夜神楽で舞っていたってばあさまから何度も聞かされたよ。『慶子は小さな頃からほんとうに舞の上手な子だった。だからこの里では慶子のことを舞姫と呼んだもんじゃ』と聞かされたよ」

詰問調の彼女の言葉に微苦笑を浮かべながらも真剣な口調で拓海が説明を続ける。

「おふくろはダンサーになりたいと言って、じいさまとばあさまの猛反対を押し切り、高校も二年生の半ばで中退して上京していったようだよ。だから少し練習して勘を取り戻したら、また夜神楽を舞うことはできるんじゃないかな」

「ええ！　お義母さん、東京でダンサーをしていたことがあるの？　ねえ、それほんとうの話なの？」

「ああ、ばあさまがこっそりと教えてくれたことがあるよ。でもおふくろにほんとうかいって聞いても、さあねって笑ってごまかされてしまって……」

「へぇー、ひとは見かけによらないわね。まさかお義母さんが東京で暮らしたことがあって、しかもダンサーをしていたことがあるなんて。全然知らなかった」

驚きの冷めやらぬまま彩美は食器類の水滴をまた拭い始めた。

素直に半ば驚き、でも半ば納得してはいない彼女をおもしろがって、拓海が調子に乗って話し続ける。

「高校生の頃、何かの拍子に納屋の中で、おふくろの踊っている大きなポスターを見たことがあったんだ。いやー、その写真が凄かったんだよ」

「へぇー、どのようなポスターだったの？」

彼の話に興味ありそうな口調で彩美は応じながらも、じつはその先の話はあまり聞きたくないなと思っていた。

世の中の男性が口にする〝凄い写真〟とは、おおむねエロティックな写真に違いない。お義母さんが息子にも言葉を濁している東京時代のことを、隣近所の主婦たちが交わす無責任な噂話のように聞きたくはなかった。

彩美は水道のレバーコックを跳ね上げ、必要以上に勢いをつけた水で鍋を洗い始めた。

拓海は鍋を洗う水量の音に負けないように少し声を大きくして彼女に話しかける。

「そうだな。まるで歌舞伎役者の化粧顔のように全身を黒、赤、青などで隈取りして、白と黒の布が複雑な幾何学模様で織りこまれた貫頭衣を身にまとい、舞台中央でバレリーナのように左足をスーっと頭上高くに伸ばし、右足一本のつま先立ちで、ポスターを見ている者に挑みかかるような眼をしていたよ。薄暗い納屋の中で思わず体がブルッと震えたくらいだよ」

当時の情景を思い起こしながら、母親の踊る姿を拓海が再現しようとする。

その彼の滑稽な姿に片えくぼを浮かべていた彼女が、何か大事なことを思い出したのか「あっ！」と緊張した声をはしらせた。

「ねえっ！　拓海君。そのポスターって、まさか……」

彩美は水道のレバーコックをすばやく押し下げて鍋を洗う手を止め、濡れた手をタオルで拭い、キッチンスペースを出てリビングルームの中程に立ち、いきなり右足一本のつま先立ちをした。

「その拓海君の見たポスターのお義母さんはこんな格好だったの？」

彼女はそう尋ねると拓海の目の前で両手を大きく広げ、左足を高く上げた。

彩美の姿を見た拓海の目が大きく見開き、眉毛が跳ね上がった。

「大体はそんな感じだったと思う。でももっと左足は高く、記憶としたら垂直近くまで上がっていたように思う。それに両手は左右に真っ直ぐ広げていたのではなくて、心もち後方に広がっていて、両手首がやはり上を向き、細長い十本の指がきれいに反って一段と上を向いていたかな……」

彼の言葉を聞きながら体勢を修正しようとするが、あっさりと「わたしには無理だわ」とつぶやいてつま先立ちの姿勢を止め、元の状態へと戻した。

もの問いたげな顔つきをしている拓海に向かって彩美は、小さい頃からバレエ教室に通っていたこと、バレリーナになりたかったこと、でも才能のないことが自分でも分かってきたので、中学生の頃からはもっぱら眺める専門になったけれど、私が大好きなダンサーはコンテンポラリー・ダンスの天才『アビヌール・ジェイ』なのよ、と打ち明けた。

「コンテンポラリー・ダンス？　アビヌール・ジェイ？」

「そうよ、バレエ、モダンダンス、ジャズダンス、舞踏などの色々なジャンルの影響を受けながらも、そのどれにも分類されない自由な身体表現をするダンスと言われているの。『アビヌール・ジェイ』はこのコンテンポラリー・ダンス界に彗星のように現れて、わずか五年ほどで忽然と去っていった、年齢も素顔も出身も経歴もすべて謎に包まれた天才ダンサーなのよ」

いつもほんわかとしたゆるめの仕草や口調の彩美がいまは興奮で頬を赤く染め、息せき切って拓海に説明する。

「拓海君の見たポスターは、間違いなく『アビヌール・ジェイ』のものよ。しかも公演発表の直前になって、突然彼女がダンス界からの引退を表明したために、幻となってしまった公演ポスターに間違いないと思う。そのポスターの荒刷りが何枚かあることは囁かれていたけれど、まさかほんとうにあるなんて。しかも拓海君。あなた、なんていったか覚えている？　そのポスターに写っているのはお義母さんだとあなたは言ったのよ」

華奢な腰に左手を置き、右手人差し指をまっすぐ彼の眉間に当てて彩美が言う。

それほど大騒ぎすることなのかな……と首を傾げながらも、拓海はそのポスターに写っていた貫頭衣、バレエシューズ、化粧道具なども同じ納屋の中にあったことを告げ、おふくろを見間違えるわけないじゃないかと笑みを浮かべて彩美を見た。

拓海の言葉にこんどは彩美が大きく目を見開いて、しばし考え込んだ。

そして「よしっ」という掛け声とともに、緊張感を帯びた笑顔を顔いっぱいに浮かべ、

「拓海君。年明けの師走祭りには絶対美郷町に帰ろうね。私、お義母さんの夜神楽の舞をこの目でしっかりと見ておきたいの」

と、帰省には消極的だった彼女にしてては珍しいほどはっきりと言い切った。


明けて一月下旬の木曜日。阿比留彩美は夫の拓海と一緒に美郷町南郷区にある彼の実家に帰省していた。

師走祭りは宮崎県木城町『比木神社』と美郷町南郷区『神門神社』の二社合同で、毎年一月下旬の金曜日から日曜日までの三日間で行われるお祭りだ。このお祭りは百済王族『禎嘉王』とその息子『福智王』との対面を二泊三日で再現する珍しいお祭りで、千三百年にわたり連綿と受け継がれてきた。

一日目は『のぼりまし』と呼ばれ、朝八時に比木神社を出発した福智王の一行は、日向市金ヶ浜で海に入ってみそぎを行い、南郷区の神門神社へと向かいながら途中数か所で神事を執り行い、辺りが暗くなったころ神門神社の近くで炎の高さ十メートルにも達する約三十基の迎え火で神門神社の氏子たちに迎えられる。

二日目は『中の日』と呼ばれ、ご神体お衣替えの儀から始まり、ドンタロ祭、野焼きの儀、洗濯の儀、石運びの儀などを執り行う。その『中の日』の締めくくりが夜神楽だ。神門神社境内に設けられたみ小屋は、青竹で囲われた約七十平米ほどの広さで、その四隅には大きな囲炉裏が配置され、暖を取り、餅を焼き、焼酎を飲みながら夜神楽を楽しむ。

むかしは三十三番の神楽を舞っていたが、少子高齢化や過疎化の波は美郷町にも確実に押し寄せてきており、最近では十八番くらいまでを舞うのがやっと、といったところだ。

そこでかつて舞っていたことがあり、舞姫の異名を持つお義母さんに白羽の矢が立ち、五番ほど舞うことを懇願され、神門神社の神さまへの神楽奉納であれば断るわけにはいかないね、と承諾したらしい。

三日目は『くだりまし』と呼ばれ、神門神社境内で比木、神門の両社が集まり、別れの宴が始まる。宴が進んだところで頃合いを見てヘグロ——釜戸や鍋底に付着した煤をあつめたもの——を神官、宴の列席者、観客等の顔に塗ってゆく。ヘグロを塗り終ると比木神社の一行が帰路にむかって動き出し、見送る者たちが鍋、釜のふた、しゃもじ、すりこぎ、まな板などの台所用品を持ってこの一行の列に続く『くだりまし』が始まり、帰路についた比木神社の一行と南郷区の人々との間で名残りを惜しむかのようになんども「オサラバー」と叫んで、師走祭りは終了する。

彩美が待ちに待った夜神楽の『中の日』がついにやって来た。昼間からそわそわと心落ち着かない素振りの彼女を、「彩美が舞うわけでもないのに」と拓海が何度もからかった。

午後七時。大太鼓・小太鼓、手拍子、笛、神楽鈴の音が鳴り響き、夜神楽が始まった。

少女の舞う可憐な『浦安の舞』、若衆が弓と鈴を持って勢いよく跳ね飛ぶ『将軍の舞』、鬼神が赤ん坊を抱いて舞う『鬼神舞』、黒のお面をつけた盤石が舞う『おねり舞』『盤石舞』など、神楽には女性と子供が舞うものも多く、またユーモラス、エロティックな神楽舞も多い。舞の合間には観客から神楽せり唄が流れてくる。方言で唄われるため彩美には聞き取れないところもかなりあるが、どうやらかなり艶っぽい唄のようだ。ときおり見物人から、嬌声と大きな笑い声が巻き起こった。

十八番目までの神楽を終えた後、いよいよ慶子が登場した。彩美はゴクリと固唾をのんでじっと彼女を凝視した。アビヌール・ジェイの生の踊りを見ることができると思うとうれしさで胸がギュッと締め付けられた。

慶子が舞い始めた途端、み小屋の舞台周りから、静寂の音の輪がさざなみのように四方へと広がっていった。長年夜神楽の舞を見続けてきた観客も、次元を超えた彼女の舞の美しさに一気に魅せられてしまい言葉が出てこない。聞こえてくるのは、彼女が舞いながら上下左右にくゆらせている扇子がピシッピシッと真冬の冷気を切り裂く音と彼女の舞の動きに合わせてかすかに舞いあがるきぬずれの音だけだ。

しばしの静寂の音に包まれたあと、ふっと我を取り戻した笛や太鼓や鈴が慶子の舞を追いかけて威勢よく鳴り始め、観客からは大きな喝采が巻き起こった。

二つ、三つ、四つ、五つと立て続けに、かつてはこの夜神楽で舞われていた舞を彼女は美しくもはかなげに舞い上げた。観客も久しく舞われていない舞を懐かしげに眺めては昔に思いを馳せているようだった。

人生の明と暗、ひとの心の裏と表、男と女の愛憎、出会いと別れ、不条理な生と死、豊潤な実りの秋と吹雪に怯える冬。

(楽しそうで陽気な夜神楽の舞の裏に隠れた人の世の悲哀を、お義母さんはみごとに表現して舞い切った。——そうか。だれにも真似できないアビヌール・ジェイのダンスの原点は、この美郷町の夜神楽だったのか!)

彩美は拓海の手を強く握りながら感動に胸を震わせていた。

一時間ほどかけて五つの神楽舞を舞い終えた義母は、熱狂的な拍手と「慶ちゃん!」、「慶子さん!」、「いやさか! 舞姫」などの凍てつく夜気を溶かさんばかりの観客の熱い掛け声に送られて、御神屋から退場していった。

拓海がハンカチを取り出して彩美の頬を伝う涙を拭ってくれた。知らないうちに涙がこぼれていたようだ。

「さあ、おふくろを迎えに行こうか」

拓海が小さく笑いかけながら掛けた言葉に、彩美が「うん」と涙声で答えて頷いた。

社務所の中に設けられた臨時の女性用着替え室に彩美は入って行った。慶子の周りを今日の神楽を舞った少女たちが取り囲んでいた。興奮気味に話しかけてくる少女たちに義母がいちいち丁寧に笑顔で答えていた。

近づいてくる彩美に気づいた少女たちが取り囲んでいる輪を崩し、彼女のために場所を開けた。

彩美は慶子の前に座り、「お疲れさまでした」と満面の笑みを浮かべて頭を下げ、どれほど素晴らしい舞だったのかを感動冷めやらぬ声で称賛した。

慶子もとてもうれしそうに「ありがとう」と答えて、神楽舞の衣装を脱いで帰り支度を始めた。

その慶子の着替える後姿を、

（お義母さん、きれいな背中だな。シミひとつない。それに肌が白くてつやつやしていてとても四十代とは思えない）

と、感心して眺めていた彩美はほんとうに自分でもびっくりするぐらい無意識のうちに、一年間ずっと心の内に秘めていた思いを口にしていた。

「お義母さん。拓海さんの結婚相手はわたしで良かったのでしょうか。ほんとうはわたしのような不出来な嫁ではなく、お義母さんのように、良く気がついて、才気があって、賢くて、子どもを早く生んで、地元の美郷町で一緒に暮らすことのできるお嫁さんがよかったのではないですか？」

何を突然問いかけられたのか訳が分からないという困惑の表情を浮かべて、慶子がゆっくりと彩美を振り返った。

「彩美さん。あなた、いま何と言ったの……。拓海の結婚相手は自分でほんとうに良かったのか……ってきいた？　ねえ、なぜそんなことをきくの？　いったいどうしたの？　拓海と何かあったの？」

慶子が真剣なまなざしで彩美の目をじっとみつめながら矢継ぎ早に尋ねた。

そのまったく曇りのない真剣なまなざしを見て、彩美はこのお義母さんにならわたしの思いをすべて話してしまおう、その結果がどうなってもそれはもう受け入れるしかない、中途半端な気持ちはもう嫌だ、と心を決めた。

彩美は一年前の師走祭の前日、南郷支所内の小会議室にいた人たちが、「ところで阿比留の家に今度来たお嫁さんはどうだい？」と噂話している内容を聞いてショックを受けてしまったと打ち明けた。

「彩美さんにとってはショックな話があったのね。まあ大体想像はつくけれど。どんな話だったの？」

彩美は一呼吸して気持ちを落ち着かせ、

「方言が入ったり、とても早口な人がいたりして、すべてを間違いなく聞き取れたかどうかは分かりませんが……」

と、断わりを入れて、小会議室の少し開いたドアから漏れ聞こえてきた話をした。

――慶子さん、ほんとうは東京から来たあの嫁さんよりも、この辺りの〝習わし〟をよく知っていて気の利く、地元の娘さんがよかったんじゃないのかな。

――そう言えば、むかしから慶子さんは「拓海のお嫁さんは地元の子が一番よ」とよく言っていたな。

――そうだ、確かにそう言っていたな。慶子さん、結婚に反対はしなかったのかな？

――とくに反対はしなかったみたいよ。でも四歳も年上で、体も華奢なあのお嫁さん、ちゃんと子どもを産めるのかしら？

――一年経ったら、「あーあ、やっぱり地元の子が良かった。結婚反対しておけば良かった」って、慶子さん後悔するんじゃないの。

――うふふ、案外もう後悔しているかもよ。

「近在の人たちが交わすそのような話に口惜しくなりました。でもそれ以上に、〝お義母さんにうとまれているかもしれない。わたしとの結婚に反対だったのかもしれない〟という思いがけない内輪話にひどくショックを受けました。お義母さんにとても申しわけないことをしてしまったとの怯えがあって、どうしても一歩、二歩と腰が引けた対応となってしまって。ほんとうにすみません」

彩美の話を聞き終えた慶子が静かに息を整え、きれいに正座し直し、よくとおる涼しげな声で話し始めた。

「彩美さん。私が拓海を産んだのは二十歳の時なの。私、とても生意気で、鼻っ柱が強くて、ちやほやともてはやされて、怖いものなど何もなかった頃なの」

いったいお義母さんは何の話をするつもりなのだろう？　話の意図がわからない彩美は心の中で自問した。

「その拓海が三歳になったとき、通っていた保育園で秋の遠足があったの。当時、収入は結構あったから、拓海の世話は一切お手伝いさんにお願いしていたの。そのお手伝いさんが夕方、遠足に行った保育園のバスが交通事故に巻き込まれて、拓海が重傷を負って大学病院へと救急搬送されたと知らせてきたの」

えっ、そんなことがあったのですか？　と思わず口にした彩美に、そうよ、そんなことがあったのよと遠くを見つめるような目をして慶子が答えた。

「でも、ダンスが私の命、ダンス以上に大切なものなどないと本気で思っていた私が大学病院に向かったのは、舞台リハーサルを終えた午後八時過ぎだった。病院に向かうタクシーの中でも明日のリハーサルのことを考えていて、拓海が重傷を負ったという現実がどういうことなのかまったく理解できていなかったの。……いい加減な母親よね」

二十数年前の自分の行いを正当化するでもなく淡々と話す義母に、仕事に精一杯打ち込んでいるときはそういうものかもしれないなと思いながら彩美は聞いていた。

「でも、タクシーを降りて、大学病院の『夜間救急』と赤矢印で示された案内板やガラス扉の『時間外出入口』という大きな赤い文字を見た途端、いままでの現実感の無さが嘘のように体に震えがはしって、歯の根が合わずにガチガチと鳴るゾッとする気持ち悪い音が口の中で響いたわ」

彩美にもそのゾッとする音が聞こえたような気がして、サアーと産毛が逆立ち、ブルッと体が震えた。

「時間外の受付窓口で拓海の緊急手術が始まる手術室の場所を教えられた私は廊下を思いっきり走って手術室に入る直前の拓海に会うことができた。小さな体が白いシーツを真っ赤に染めて、シーツの端からのぞいた小さな手足はダラリと弛緩していた。その小さな手を握ったときに、やっと私は気がついたの。一番大事なのはこの子だということに。ダンスなんかじゃあない、仕事で称賛されることでもない、〝自分の命はこの子だ〟ということに、やっと気がついたのよ。手術室前の廊下で、ずっと神門神社の神さまに、拓海を助けてくださいとお祈りしていた。高校を中退して家出同然に上京してきた私の知っている神さまって、地元の神門神社の神さましかいなかったからね」

うっすらと笑顔を浮かべた義母がハンカチを取り出し、彩美の両目を流れる涙をそっと拭った。

「拓海は生き永らえて、いまは彩美さんと結婚して一緒に暮らしているわよね。ねえ、彩美さん。自分の命を差し出してでも守りたい息子が、『一生傍にいて欲しい人なんだ』と言って連れてきたあなたを嫌うわけがないじゃない。息子同様に愛しているに決まっているじゃない。彩美さん、心散らさないで」

その静かな、しかし熱を帯びた言葉に彩美は、この人は凄い人だなと心底思った。

無限彼方にまで広がった深い愛でふたりを包んでくれている人が、すぐ傍にいる現実に今さらながら気づいた彩美は、「ありがとうございます」と慶子に頭を下げ続けた。

「さあ、寒い外で拓海が待っているでしょ。帰りましょう」

慶子が立ち上がりながら、彩美の手を取る。

はい、と半分なみだ顔した彩美が慶子の衣服を詰めたバッグを持って、社務所の外で寒さにかじかんだ両手をすり合わせている拓海に、「お待たせ。さあ帰りましょう」と赤い目をして微笑んだ。

三人は神社の石段を下りて、県道を横切り、『一の鳥居』を通り抜け、田んぼの中の細いあぜ道を歩いた。

「保育園からの帰り道、拓海はこのあぜ道を通ってふたりで歌って阿比留の家に帰るのがお気に入りだったのよ。ねえ、拓海」

と慶子が先頭を歩く拓海の背中へ声に笑顔を乗せて問いかける。

思い出して笑っているのだろう、拓海の肩が少し震えている。

「ねえ、久しぶりに歌って帰ろうか?」

いいよ、よせよと照れくさそうに答える拓海の声を笑い流して、慶子が童謡の『靴が鳴る』を歌い出した。

明るく、ふうわりと温かい母親の歌声だわ、と彩美は深夜のあぜ道を並んで歩いている慶子のやさしい横顔を眺めた。

慶子のさあ一緒に歌おうよと誘うまなざしに、彼女の手を取り、彩美も歌い始めた。

拓海の背後をチョコチョコと歩くかわいらしい園児ふたりの姿が彩美の目に映った。

ひとりは赤い靴、もうひとりは青い靴を履いている。どちらの園児も新しい靴がうれしいのか、それとも拓海を追いかけて行くのが楽しいのか、あぜ道をキュッ、キュッ、キュッと靴を鳴らしてはしゃぎまわっている。

靴の鳴る音を聞いて、拓海が振り返り、穏やかに笑い、両手を大きく広げてふたりの園児を抱き上げた。

歌いながら彩美は慶子の手を自分の下腹部に当てた。怪訝な顔をした慶子の顔が、思い当るできごとに驚きとうれしさで夜目にも明るく輝いた。彩美が笑顔で小さく頷く。

この町に引っ越して来よう。

お義母さんが拓海君を育てたように、わたしもこの町で拓海君との子どもを育てよう。

彩美は、そう決めた。

佳作

「雲、ひとひら」

紫陽花

江戸の町には小糠雨が降り注いでいる。濃鼠《こいねず》色の厚い雲が月を隠しいつもより暗い。だが、人目を忍ぶ理由があるものにとっては都合の良い夜だった。

町はずれの廃寺の弥勒堂にかすかな灯が揺らめき、二つの人影をぼんやりと映し出している。武士らしい人影が低い声で話し始めた。

「女の居場所がわかったか」

神経質そうな声がぼそぼそと答えた。

「はい、まだ江戸にいました」

「即刻奪いに行け。全く、あの阿蘭陀《おらんだ》本が前後二つに切られていたとは不覚だった」

「ご安心を。『反射炉鋳鉄法要綱』阿蘭陀原書、訳者の手配もすでに整えてございます」

「鋳鉄大砲の製造に反射炉利用は必須、ゆえに、あの原書の内容は非常に貴重なものだ」

「原書は必ず無傷で入手致します」

「機密を守るため、女の口も封じておけ」

「かしこまりました」

弥勒堂の灯は消え、お堂の中から黒い影が一つ、また一つ、墨色の闇に溶けるように雨の中へ消えていった。

お江戸深川、大橋長屋の三十路の大工、誠二郎のところに十二歳になる末弟、捨丸《すてまる》がやってきてから十日。寺子屋から帰った大橋長屋の子供らには新しい遊びが加わった。

うすぼんやりで、やぼったい着物を着たこの少年をからかって遊ぶことだ。今日も捨丸は子供たちに追いかけられ、泥をかけられ、蹴られ、「うすのろ」「ぼんやり」と罵られ、獲物のように狩られた。やがて夕餉の香りが漂いはじめ、この遊びも自然と終わった。

地べたにはいつくばっていた捨丸は、今日の「狩り」が終わったのを確かめ座り込んだ。こんなことは山奥のお館で暮らしていた時から慣れっこだ。捨丸はいつも疎まれ、邪魔者扱いされながら育ち、最近は、「心して人前で目立つな」と言われている。

江戸で奉公に出て働くよう言われ、独り者の兄の長屋に連れてこられた。長屋雀たちは捨丸をうすぼんやりだと見定めると「あれじゃあ、奉公先はすぐにはみつかるまい。兄貴は苦労するねぇ」と噂し、子供たちも捨丸を馬鹿にしだした。

捨丸は江戸に来たら変われると思っていた。「おいらにしか出来ない事をする」それは山を出るときからずっと胸に秘めてきた思いだった。だが、あまり簡単ではなさそうだ。捨丸はのろのろ立ち上がる。ここ数日、雨続きでぬかるみが所々残っている。身体も着物も泥だらけだ。視線を感じ振り向くと、井戸の脇で野菜を洗っていた白髪頭の女と目が合った。

白髪頭の女、お輝《てる》は、誠二郎の斜め向かいの空き部屋にひと月前にひっそりと入居した。その頭が総白髪なので一見老女に見えるが、実は三十半ばを過ぎたばかりである。乱れのない身なりだが、いつも暗い気配を背負っている。長屋の住人達も「深入りするとこっちの福が逃げそうだ」と噂し、小さな挨拶を交わすだけだ。誰もお輝のことを詳しくは知らない。お輝も他人に興味はなかったが、あの少年のことは気になっていた。

十日前の深夜も、お輝は眠れぬ夜を過ごし、小窓から月を探していた。その時、斜め向かいの大工の誠二郎の部屋に風呂敷包みを背にした商人風の男が汚い少年を連れてきたのが見えた。こんな時間でも木戸番が入れたのだから怪しいものではないはずだ。訪問者二人が戸を閉めたとき、かすかに深い静かな響きを持った「兄者」という少年の声が聞こえた気がした。すぐ「馬鹿野郎」と、押し殺した男の声がした。次に「あんちゃん、久しぶりだ」という子供っぽい間延びした声が聞こえた。あとは、ごく田舎びた話声がぼそぼそと聞こえてきただけだった。

だが、あの声の響きは、お輝の耳について離れなかった。懐かしい、決して戻らぬ時間を思い出させたからだ。

すでに亡き、お輝の父は阿蘭陀語の書を読むための蘭学塾を開いており、寺子屋の師範もしていた。お輝もその寺子屋で教えていた。そこには西洋学問への向学心の塊のような若者たちが集っていた。「愛嬌もない変わり者の売れ残り」と言われ続けたお輝を「是非にも嫁にしたい」と言ってきた奇特なあの方も塾生の一人だった。彼ら、考えることを好むものが発する独特の声の色、耳にした少年の声にその色合いを感じた。しかし、あの少年はいつ見ても本物のぼんやり者にしか見えない。けれど、どうしても気になるのだ。

「ぼんやりしているのは山育ちのせいだろう。奉公には読み書きが必要だけど、大工の兄は寺子屋へやることまで気が回らないのかもしれない。私が読み書きを教えて――」

お輝はおのれの考えに頭を振った。

志を果たすつもりで父の残した家を叔父に買ってもらい、すぐ準備を整えたものの、まだ江戸にいる。自分に追っ手など来ない気もするからだ。泥まみれで立っている捨丸と目が合ったとき、お輝はちょっと不愛想に声をかけた。

「おいで、甘酒がありますよ」


捨丸は老女の長屋にいた。閑散として寂しい部屋だった。老女が椀に入れた湯気の出ている甘酒を二つ持ってきた。甘い麹の香りが湯気とともに漂ってきた。捨丸は、甘酒を舐めさせてもらったことすらない。喉が鳴った。

この女が自分を見ていることは知っていた。しかし、その視線に意地の悪さはなかった。兄からは「余計なものに係るな」と言われていたのに、捨丸はついて来てしまった。

老女は捨丸の着物についた砂や泥を自分の手ぬぐいで黙々と払い、手ぬぐいのきれいな面で捨丸の唇の傷を拭ってくれた。

「名はなんといいますか、歳は」

「十二歳、捨丸」

「変わった名ですね。親が付けたのですか」

捨丸は、仔細に老女を観察しながら答える。

「おいら捨て子で、あんちゃんが拾ってくれた。名前は、お世話になっている方が付けてくれた。おいらは気に入ってる」

捨丸を無表情に見つめ、老女は立ち上がる。

「捨丸さん、私は輝《てる》と言います。お先にお飲みなさい。手ぬぐいを濡らしてくるから」

捨丸はそっと指で椀の中の甘酒を毒見した。毒の気配はないようだ。少しのつもりで口をつけると、とろりと甘い汁の旨さに一気に飲み干してしまった。女は土間に降りて手ぬぐいを濡らし絞っている。お輝は何者で何歳なのだろう。白い髪だからかなりの年寄りだと思っていたが、背中が曲がっていない。近くで見ると顔が若い。「女の歳はわからない」と男どもが愚痴っていたのはこういうことなのか。神棚の下に何か書状が落ちている。それを手に取った。文《ふみ》のようだ。捨丸は静かにその書状を広げていった。すべてを広げ終わったとき、女の足先が見えた。見上げると顔色を変えたお輝が自分を見下ろしていた。

「立派なお経だなぁ」

とっさに捨丸は言った。お輝は、そっとその書状を後ろに追いやり、真剣な顔で捨丸に詰め寄った。

「これはお経ではありません。書状です。」

「書状、って」

「文のことです。私には命よりも大切なものです。私の志が書いてあります。人のものを、勝手に触ってはいけないのですよ」

叩くでもなく、叱るでもなく、お輝は静かな声で淡々と諭した。捨丸は素直に謝った。

「ごめんなさい。有難いお経だと思いました。おいら読み書きができないから――」

お輝は、捨丸の汚れた手を取り、濡らした手ぬぐいでごしごし拭き清めながら、すこし怒ったような声でこう言った。

「捨丸さん、こういう間違いをしないよう、私が読み書きを教えてあげましょうか」

捨丸が思ってもいなかった言葉だった。

「読み書き、おいらに――」

「ええ。でも、少しの間ですよ。私は旅に出ますから、それまで」

態度は少々素っ気ないが温かみを感じた。この変な女は、兄と少し似ていると思った。それに一《いっ》時《とき》だけでも長屋の子供たちの狩りの獲物にならなくてすむ。

「甘酒も旨いし、読み書きを習いたいです」

「気に入ったなら、これもお飲みなさい」

お輝は苦笑しながら、捨丸に自分の甘酒もすすめてくれた。捨丸は椀を受け取り、ゆっくりと飲んだ。今度は喉を滑り落ちていく汁の甘さを覚えるようにじっくり味わった。「自分は間もなく江戸で死ぬのだから、これが最後の甘酒になるのかもしれない」そんな思いがちらと頭をかすめた。

捨丸、という名は育ててもらったお館様からいただいた。兄、誠二郎が日向の国で自分を拾い、お館に連れ帰ったそうだ。別に文句はない。館の者はみな、赤子のころから忍びの技とともに「己は捨て駒である」「常に死ぬ覚悟をもて」「志は不要である」という教えを叩き込まれているからだ。兄・誠二郎も忍びの家の一員として六年前から江戸に出た。腕利きの大工は諸藩の江戸屋敷や寺社仏閣に出入りできる。誠二郎は名のある親方の下で技を磨き、弟子の一人として厚い信用を得ている。その仮の姿は、いつ何時でもお館様の役に立つためのものだ。捨丸も奉公先に潜み、江戸での間者仕事の一役となることを命じられて来た。

捨丸はずっと「いつでも死ねる」と思っている。だが、近頃は「自分にしかできない仕事を思いきりして死にたい。無駄に生きたくない」という思いがどんどん膨らみだし、衝動となって全身を駆け巡り、苦しくなることがある。それに、江戸に来た日から、捨丸は妙な夢を見るようになっていたのだ。

森の中のお社の前で、天を焦がすほど巨大な松明の炎がバチバチ音を立てて燃え上がっている。その向こうには「おおきみ」の皆様がお待ちなのが分かる。仲間たちも金の烏の背に乗り、主について次々にその炎を越えてゆく。だが、自分だけが炎を越して行けない。心は焦る。

するると、自分を乗せている烏が言うのだ。

「身の内に燃え残りがある」

言うやいなや、烏は、その巨大な松明の中に自分を放り出す。叫びながら落ち、目が覚める。

「叫ぶな、捨丸、起きろ」

兄にゆすられて、目を開けた。

目の前には手ぬぐいをもった兄の顔があった。手ぬぐいで汗をぬぐう。

「また巨大松明の夢か」

兄は苦笑しながら、捨丸の頭をはたく。

「ずいぶんと大きくなったと思ったが、夢見で叫ぶとは、まだ子供だ」

硬く大きい兄の手を「うるさい」と払いながら、捨丸は聞く。

「おいらの奉公先は決まらないのですか」

「候補は上がった。あとはお館様が決める」

「おいら、とびきり難しい仕事がしたい。そのために命を落としても構わない」

兄は一段、声を潜めてささやいた。

「俺の許しもなく死ねると思うな。お前の命をつないだのは俺だからな」

捨丸も声を潜める。

「置き去りにされなかったのは、おいらの運だ」

「運より腕だ。男なら実力で戦え」

「運があるのも実力だと、おいら思う」

寝返りをすると、兄のつぶやく声がした。

「相手より劣ると思ったら、先に読むのだ。物事にはいつか必ず変わり目が来る。そいつを的確に読み取れば勝てることもある」


捨丸とお輝、二人だけの寺子屋が始まった。一晩寝ると習ったことを忘れてしまう捨丸をお輝はますます気の毒に思った。いっそ、別の方法で身を立てることも考えてやったほうがいいかもしれない。そのことを話そうとしても、強面で大きな身体の誠二郎は、いつも面倒くさそうに「放っておけ」と首を振るだけだ。白髪頭の婆ぁの言うことだと、話半分なのかもしれない。

今日は少し紙を買いに外出をした。捨丸に中古の筆を買ってやろう、と寄り道をしたら帰宅が遅くなった。お輝は長屋の自分の部屋の前が人だかりになっているのに気が付き、慌てて駆け寄った。長屋雀たちが大騒ぎだ。

「あ、大変だよ。あんたの家に空き巣が入ったんだよ」

「野郎、家中ひっくり返して壊していった。盗るものがなくて意趣返しだよ」

「凶悪そうな男だった」

お輝は蒼白になった。本当に追っ手が来たのだ。もう一刻の猶予もない。出立しなければ、あの方の志が守れなくなる。

部屋に飛び込んだお輝が見たのは、荒らされ、ひっくり返され、壊された室内。そして、そこら中に千切られて雪のようにまき散らされたあの文の残骸だった。それを見た瞬間、自分の中心から天に向かってずるりと背骨が引き抜かれるような感じが走り、お輝は倒れた。

川底から浮かび上がるような感じで、目が覚めかかっているが、全身は重く動かない。目を開けなければと思う自分と、また川底へ沈みたい、という自分が交互に身の内で入れ替わる。その時、少年の大きな声が名前を呼んだ。

「お輝さん、お輝さん」

お輝は目を開けた。見慣れぬ室内と半泣き顔の捨丸の姿が見えた。

「私、どのくらい寝て――。ここは」

起きようとしたが身に力が入らない。

「ここは、あんちゃんの長屋で、お輝さんは倒れて、おいらがここで見張ってました。二日間寝てたんだよ」

お輝は思い出した。空き巣が入り、破り千切られたあの文のこと。力の入らない瞳から、出るはずのないくらい大量の涙が噴き出してきた。

「あんちゃん、どうしよう、泣いてる」

「女が泣くくらいでおたおたするな、阿呆」

捨丸の兄、誠二郎の面倒そうな声がした。

「捨丸さん、誠二郎さん、ありがとうございました。でも、うちへ戻してくださいな。私がここで死ぬと、ご迷惑をおかけします」

お輝が泣きながら答えると、捨丸が強く手を握ってきた。

「もっと読み書きを教えてよ。おいら、奉公に行けないよ、お願いだよ」

捨丸に言われ、お輝は顔を振って泣いた。

「もう生きる力がないの。捨丸さん、なぜ私の髪が白いのか、わかりますか――」

捨丸はお輝の白髪をじっと見て尋ねる。

「おいらには、わからない」

「心が死んだから――。髪の毛は一日で白くなるのです。私の大切な人は命を懸けた仕事のため殺されてしまった。あの文は、その人の最後の志。私はその志を標に生きていただけ――」

「もう一度そいつを自分で書き直せ」

冷たい響きの誠二郎の声がした。

お輝は言われて、自分が何度も何度も繰り返し読んだ文のことを思い浮かべてみた。だが、すべてを思い出すことはできなかった。お輝は泣きながらも自嘲気味に笑ってしまった。

「何度も文を読み返し、自分の血肉としてきたくせに、――どうしてでしょうね。書けません」

一度、失ってしまったものは取り戻せないのが世の常なのだ。お輝は声を殺し泣いた。狭い長屋の中には重苦しい空気がよどんでいた。

突然、あの深い、静かな少年の声がした。

「代わりに書きましょう」

「おいっ、掟を破れば、死んで償わねばならんのだぞ」

慌てたような大人の男の声が重なり、それに静かな決意を秘めた少年の声が答えた。

「それでもやる、って言ったら、おいらを殺すかい。兄者」

お輝は、その声の主を見た。あの夜の、静かな声の持ち主、――あれは捨丸だった。

大きめの板を持ち込み、そこに茣蓙を敷き、捨丸は巻紙を広げた。お輝の硯と墨を持って来て、一点を見つめながら墨を擦り、その濃度を調整する。「もう少し薄かった」茶碗の水を筆で数滴、足し入れた。

お輝はただ黙ってそれを見つめるだけだった。

自分の知るぼんやり者の捨丸と、この目の前の少年はとても同じ人物には思えなかった。

突如、墨を含ませた筆が巻紙の上に置かれ、そこから勢いよく踊りはじめた。迷いもなく、水流が滝となり流れ落ちるかのようにすらすらとあの文を再現し始めたのだ。その筆跡もあの方のもの、そっくりだった。

文が巻紙の上で再び語り始める。この書状は自分が死んだ時に届くよう手配した。阿蘭陀語の力を買われ、決して漏出してはならない極秘の技術書の訳出を拝命した。だが、賊から文書を狙われ、命をも取られるかもしれない。後半の未訳部分の原書と、この書状を輝に託す。即刻原書を長崎にいる親友の所へ届けてほしい。貴方を妻とする約束が果たせず残念だ。志をつなげる人と共に歩むことは人の世にある尊き一興である、と私は信じている。貴方にもそう歩んで欲しい、と、捨丸は一気に書き表し、最後に「斎藤助左衛門」と記し、筆を置いた。

お輝の目の前で、破り千切られたあの文が再び蘇り、戻ってきた。

「ふっ」っと、短く息をつき、それから捨丸は目を離さずにお輝を見て言った。

「お輝さん、生きてください」

「捨丸さん、あなた、読み書きが――」

捨丸は少しすまなそうな顔で笑った。

「知られてはならなかったから。これは、おいらだけの得意技。おいらたちは間者を生業とする一族です。おいらの目と頭は書いてあるものをそのまま、絵のように写し取れます。そしてそれを元通りの絵として取り出せる」

研鑽すれば、そういうことが少しできる人がいる、とは聞いたことがあった。だが、捨丸はお輝の長屋でたった一度、開いて見ただけの文を奇跡のように書きだして見せた。そして何かの導きのように、今、自分の目の前に座っている。

お輝は寝かされていた薄い布団から出て、正座した。そして、誠二郎と捨丸に深々とお辞儀をした。

「ありがとうございます。私の志は元のままの形で戻りました」

捨丸は嬉しそうに笑ったが、兄の誠二郎は恐ろしい形相をし、小刀を抜いた。

「捨丸、お前を切らねばならん」

「切っていいよ。おいら、ずっと江戸で自分ができることをやってから死にたい、と思っていた。文句はない」

「我らの秘密を知ったあなたも、生かしてはおけない」

誠二郎はお輝のほうに詰め寄った。

捨丸がお輝の前に立ちふさがる。

「兄者、切らないでくれ」

お輝は捨丸を後ろにかばって少し前に出た。その目は熱い決意を秘めて誠二郎を見ている。

「奇跡を見たことが理由ならば、仕方ありません。でも、少しの間待ってください。捨丸さんをお借りしたいのです。お礼もお支払いいたします。捨丸さんを私の代わりに長崎へ届け物に行かせてくださいませんか。そのあと、私の命を差し上げます」

お輝は自分の帯芯をほどき、厚さを半分に切られた阿蘭陀語の書を取り出した。

「賊はこの書を狙い、私を殺めて奪い取る気です。私に武芸の嗜みはない。非力です。でも、捨丸さんの力を借りられたら無駄死にせずに済むのです」

誠二郎の目が企みを秘めて、きらりと光った。

「中身を捨丸に運ばせるつもりか。そして現物は処分する――」

「あの方の最期の志を果たせます。家を売って工面した旅費、全てお渡しします」

誠二郎は捨丸に小刀を突き付けて聞く。

「難しい命がけの仕事をしたがっていたな」

捨丸は意外な顔で誠二郎を見つめ返す。

「でも、お館様に知れたら兄者まで――」

「俺のことは案ずるな。時流の変わり目が来たようだ。お前、長崎まで一人で行き、やり遂げられるか」

捨丸は勢い込んで答える。

「必ず、絶対やり遂げる。でも、聞いてくれ」

「なんだ」

「おいらが帰ってくるまで、お輝さんを生かしておいて。約束を破ったら、おいらの頭の中にあるものをばらまいてやる」

誠二郎は真顔でじっと捨丸を見つめた。

「俺を脅すには十年早いが、いいだろう」

そして、すっと小刀を鞘におさめた。

「兄者に拾ってもらって、おいらやっぱり運があったみたいだ」

捨丸はニヤッと笑い、お輝に向かってぐっと片手を広げて出した。

「捨丸さん、何ですか」

「その原書を。今、頭に入れてしまいます。あとは兄者と相談して下さい。長崎から帰ったら、おいら――。甘酒、飲みたいです」

少し不機嫌そうな、照れたようなその少年の手に、お輝は大切な原書をそっと渡した。

「おいしい甘酒、つくりますね」


三日後の深夜、大橋長屋のお輝の部屋から小火《ぼや》が出た。幸い、天候が雨模様に変わり、誠二郎の消火が迅速だったせいもあり、長屋の中の小火は大事にはならず、すぐに収まった。だが、火に驚いた捨丸が奇声を発して、飛び出して逃げて行き、それをお輝が追いかけていったきり戻ってこない。川の近くでお輝の脱いだ草履と、捨丸の千切られた着物の切れ端が見つかった。何日探しても二人は浮いてこなかった。どうやら、川に落ちた捨丸を助けるためお輝も川に飛び込み、雨続きで水嵩が増していた川の濁流にまかれ、遠くへ流されてしまったらしい。

誠二郎はがっくり肩を落とし元気がない。

たまに仕事場の屋根の上で呆けて空を見ているらしい。

「誠二郎さんには悪いが、うすぼんやりの捨丸なんかのせいで、とばっちり食らってお輝さんは気の毒だよ」というのが、長屋雀たちのまとまった見解になった。

小火騒ぎを境にお江戸の梅雨は開け、夏が来た。どんより濃鼠色だった空は、かっと真っ青に晴れ上がり、夜には花火も打ちあがれば、皆、嫌な出来事を忘れていった。

あれから三か月が経つ。捨丸は土佐から日向に向かう商船の上で、真っ青な空の下の煌めく波涛を見ながら思い出していた。

あの小火騒ぎの夜のことを。

一流の忍びである誠二郎は、巧みにお輝の追っ手をおびき出してきた。

お輝は細工をされ、立派な自害した死体に化けさせられた。その前に誠二郎に言われ、お輝は「生きる力を失い、死んでお詫びをするしかない」という遺書もしたためた。阿蘭陀語の原書には前もって油と薬をしみ込ませ、燃えやすくなる細工を仕込んだ。

黒い頭巾で顔を覆った二本刺しの賊は、お輝の部屋に夜忍び入ると、お輝の死に様を一瞥し、すらりと大刀を抜いて近づいた。

隠れていた誠二郎は身構えた。息の根を止めようとしたら飛び出して一戦交えるつもりだった。だが、賊は近くに置かれた原書にくぎ付けになった。欲しかった物がそこにある。大刀を収め、布をかぶせた行燈を近づけ原書を確かめようとした。だが、その瞬間、火花が走って原書に飛びつき、貴重な書籍は賊の目の前でめらめらと燃え上がりだした。賊は火を消そうと書籍をはたいたが、あらかじめ燃えるように細工されていたものを止めることはできない。気づくと、飛んだ火の粉が室内に燃え上がり始めた。「火事か」人声がした。誰か来る！　賊は燃えている書籍を掴んで長屋を飛び出し、走って逃げた。賊の手にも火は襲い掛かっているが、絶対に手を放すわけにはいかない。だが、手の中の本は走る風にあおられ、どんどん灰となり――。

　賊は、臍をかんだ。

「あの女を仕留めて来なかった。だが、どうであれ、もはやこの貴重な原書は失われ、この世に存在しなくなったのだ」

　賊が消えたのを見計らい、誠二郎が室内の小火を消し、捨丸は奇声を発した。

「こわいよぉぉぉ！　燃えちまうよぉ」

　小雨の降りだした長屋の小路を、少年が走り抜け、そのあとを白髪頭の女が追っていく姿がどんどん小さくなり、見えなくなった。


　捨丸は品川からお伊勢参りの大きな講にまぎれ伊勢に辿り着き、大阪を経て、土佐から日向へ向かう船に乗っている。手筈は兄者が付けてくれた。日向から薩摩へ入り、そのあとは海路を長崎へ向かう予定だ。

　江戸では、毎日が空模様と同じ濃鼠色だった。だが、今、空は明るく青く、海もその空を映し、どこまでも青い。捨丸は初めて「もっと生きたい」と感じていた。兄者の采配のおかげで自分はここまで辿りつけた。兄者は、叶わないほど大きい存在だ。だけど、生きていれば、いつか――。

「いつか、兄者より大きな男になりたい」

傍らで女の声がした。

「そう志せばなれますよ、誠三郎」

捨丸は平然と答える。

「そうでしょうか。おっ母さん」

「真に志あれば人は変われます。だから私は輝から志真、という名に変えました」

捨丸、いや、誠三郎は小さく呟く。

「船が着けば、日向の地ですね」

「誠三郎、誠二郎さんから伝言があるのです。いつか日向で、ある祭りを見るといい、と言っておられました」

「兄者が――」

「ええ、昔の百済の王様たちをお慰めするためのお祭りで、年の瀬に大松明を燃やす行事があるそうです」

「大松明の祭りですか。兄者は今まで何も言わなかった。それを知っていたのに――」

「昔あなたを、――拾った場所だそうです」

捨丸、いや、誠三郎は何も言わずに、顔を空に向けて上げた。その姿を見て心が痛んだ。伊勢へ出立する前の夜、誠二郎は、こっそりお輝にもう一つの話を告げに来ていた。

伊勢参りの講に合流した品川宿の夜、人気のない橋の上で、誠二郎は話し始めた。

「俺は十八の時、お館様について日向に潜み、そこで小夜という娘と恋仲になり子を成した。跡形もなく去るため、お館様に小夜を殺された。大松明の祭りの中、俺は赤子を抱いて逃げたが、お館様に捕まってしまった。覚悟を決めた時、赤子がお館様を見て声を出して笑い、お許しをいただいた。自分で命を拾った赤子、それが捨丸だ」

お輝は誠二郎に言った。

「今、伝えてあげてくださいまし」

「一生名乗らぬ。だがな、俺はあの子に俺とは違う道を行かせたい。生まれ持つ運を試させたい。父として、あなたになら我が子を託すことができると、俺は思っている」

強面の誠二郎の唇が震えていた。ああ、この人も私と同じ苦海にいたのか、とお輝は思った。思い通りには生きられず、痛みを知り苦しんできた。お輝の胸にあの方の言葉が響いた。「志をつなぐ者同士が支えあい共に歩いていくことは、この人の世にある尊き一興だ」と、そうかもしれない。お輝は静かに頷いた。

「あの子は誠三郎と名乗らせ、私の命ある限り守る志、と致します」

「誠三郎を、何卒、頼みます」

深く身を折り、首を垂れた大きな誠二郎の姿と、時に自分の情熱を追うあまり、勝手を押し付けてきた愛しいあの方の姿が何故か重なった。

「男の方は皆、愚直のようでいて、時に女より狡くなれるのですね。今頃、それが分かりました」

お輝は朗らかに笑ってみせた。


日向を目指す船の上。今日の波はたまたま穏やかで、船は滑るように進んでいく。お志真としての新しい生き道とて、こんな日ばかりではあるまい。でも、私には守るべき志がここにある。この一興を生きるのだ、と、お志真は腹をくくった。

誠三郎が何かを吹っ切るように明るい大きな声で言った。

「おっ母さん、広く大きな青い空に薄い雲が一つだけ浮かんで、とても綺麗です。――兄者もこの同じ空を見ているのでしょうか」

お志真は誠三郎と並び、空を見上げた。

「見ていてくれると思います」

真っ青な空の上に白い雲がひとひら、浮かんでいた。

（おわり）

佳作

「その灯が消えないように」

阿井千尋

朝、起きるのが億劫になった。それは長袖一枚では外に出られないほど冷たくなった空気のせいであったし、重くて暖かい毛布のせいでもあったし、三週間も口をきいていない亜希ちゃんのせいでもあると思った。

二回目のアラームを止めてから、諦めたように静かになった枕元の目覚まし時計に目をやると、六時四十五分を少し回っていた。同じ制服を着た高校生たちを次々と吸い上げて、三つの山を越え、高台にそびえ立つ学校に吐き出してくれる片道四十分のバスは、朝夕二本ずつしか走らない。一本目は私が布団の中で丸くなっている間に出てしまっているので、残るは七時二十分発のバスだけだ。

私は脱皮をするように、ずっしりと重い体を毛布から引きずり出した。裸足のまま踏みしめた無機質な木目調の床が、なけなしの体温を奪っていった。

亜希ちゃんと私は、いつも一緒だった。出会った当初はお互い別の子と仲よくしていたけれど、いつからか二人で教室を移動し、二人で休み時間を過ごし、二人でお弁当を食べるようになった。本が好きで休みの日は家に籠りがちな私と、韓国のドラマやアイドルが好きで、バレー部のエースと謳われている亜希ちゃんとでは全くタイプが違ったけれど、二人でいると誰よりも、何よりも強くなれた気がしていた。

一度だけ、「なんで私たち仲よくなったとか?」と訊ねたことがある。亜希ちゃんはさほど興味もなさそうに

「私も遙も目立つ方だったし、自然な成り行きじゃん?」

と、綺麗に整えられた爪を見つめながら答えた。三回も折り曲げているというスカートからは、つるつるの膝小僧が顔を覗かせていた。

亜希ちゃんが江藤さんの悪口言ってたよ、という話を耳にしたのは一か月ほど前のことだった。

「江藤さん、杉田君と最近仲いいやろ。私が杉田君のこと好きなの知っちょるのになんやと、て、亜希ちゃん怒ってたじ」

亜希ちゃんの鋭い視線が時折背中を刺していることに、薄々感づいてはいた。それが日に日に強さを増していることも。それでも私は、亜希ちゃんの隣から離れようとはしなかった。

教室という場所は、潔いほどに残酷だ。数名の上位グループとその他大勢ではっきりと線引きがされていて、席を飛び越えて大声でお喋りできるのも、先生にバレないようにメイクをするのも、上位グループだけに許された特権だ。

私は、堕ちたくなかった。今まで仲よくしていた子からいないものとして扱われるのも嫌だったし、その他大勢から「今まであんなに偉そうだったのに（笑）」と思われることも耐え難かった。そんな思いをするくらいなら、喜んで金魚のフンにだってなれた。

だから、目の前で言った「亜希ちゃん、おはよう」をとうとう無視されたとき、命綱が切れて真っ逆さまに奈落の底へ落ちていったような気持ちになった。杉田君とは勉強の話してただけだよ、他には何もないんだよ、という言い訳もできないまま、私はひとりになってしまった。

一限目はホームルームだった。議題は「市町村レポートの班編成について」。二クラスからなる総合学科では、二十六市町村を半分に分けてクラスの受け持ち市町村とし、一市町村あたり三人の班を作って資料を作成することになっている。班はクラス内であれば自由に組んで構わない、ということだった。

タイミングが悪いなあ、と思った。いや、むしろよかったのかもしれない。亜希ちゃんと班を組んだ後でこんな空気になっていたら、私は本当に毛布の中から出られなかったかもしれない。

自由に、という言葉に分かりやすく反応した生徒たちは、一斉に自分の組みたい相手と目配せを始めた。私には関係ないや、と思って机に体を突っ伏すと、視界が閉ざされた分、教室中の音を拾いだした私の耳に、亜希ちゃんの声が流れ込んできた。

「ねえ、そっちの班に私も入れてくれん」

「いいよ。でも……どうすると」

「知らん。なんも言わんし、どうでもいいっちゃない」

心臓に爪を立てて引っかかれたような気がした。体の内側がカッと熱くなる。何も言わせないようにしたのは、そっちのくせに。

しばらく暗闇の中にいると、騒がしかった音が小さくなって、「まだ班組めてないやつ手挙げろー」という担任の声が聞こえてきた。私は上体を起こして左手を顔の横に置く。

「江藤と……武田か。あとひとりは林やけど、骨折して入院しちょるから、実質二人になるけど、いいか?」

嫌って言ったらどうなるんだろう、と思いながらも頷くと、担任は「よし、これで班編成は終わりやな」と次の議題に進んでいった。

本当にくだらないな、と思う。市町村レポートなんて面倒な課題も、好きな子と班を組めて浮足立っているクラスメイトも、亜希ちゃんなんていなくても平気だと強がっている、自分も。

調べる市町村は先生たちで決める、という担任の言葉通り、一週間後のホームルームで班の振り分けと市町村名が記載された用紙が配布された。

「後日パワーポイントにまとめたものを班ごとに発表してもらうからな。そこに住んでる人に話を聞くでもいいし、実際に行ってみるのもいいし。今日から早速情報収集始めてもらうけど、図書室とパソコン室を使うときは、先生にひと声かけてから行くように」

はじめ、という担任の言葉を合図に、パソコン室行こうや、という声があちこちから聞こえてきた。ネットでささっと調べて、そのまま貼り付ければ、課題の八割方は終了する。膨大な数の本が並ぶ図書室からその市町村に関する資料を探し出して、一からパソコンに打ち込むなんて面倒なこと、きっともう誰もしない。

喧噪から逃れるように窓の方を向いて中庭を眺めていると、地面と椅子の擦れる音に紛れて武田君がやって来た。よろしく、と言って前の席の椅子を引っ張る。

「担任に二人でいいかって言われたとき、俺勝手に返事しちゃったけど、大丈夫やった?」

私は「大丈夫」と言おうとして、声がうまく出なかったので、代わりに大きく頷いた。

「俺ら美郷町か。江藤さん、行ったことある？」

私は首を横に振った。「武田君は？」

「んー、地元は日向やから近いんやけどな」

武田君はよくわからない答えを言って、いたずらっぽく笑った。前歯の横にちょこんと居座る八重歯が見える。なんだか洋服の下を覗いたような気分になって、慌てて目を逸らした。

「……私たちも調べもの行く？　図書室とか、」

パソコン室とか、と言おうとして、言葉に詰まった。パソコン室寒いから上着持ってこ、と言って教室を出ていった亜希ちゃんの後ろ姿を思い出す。

そんな私の胸中を察したかのように、武田君は教室をぐるりと見回して
「ほとんど向こうに行ってるみたいやし、何なら担任もおらんし。動かんでもいいっちゃない、俺ら」

と言った。

それもそうか、と思った。私たちの他に残っているのは大人しそうな男子二組だけで、担任がいない今がチャンスだと言わんばかりに、小さい画面をせっせと操作している。

私も彼らの真似をして、鞄の中から取り出した携帯に「美郷町」という文字を打ち込む。島根県、という文字が見えたので、一応「宮崎県」も加えた。虫眼鏡のマークに触れる。文字が溢れる。

一番上に出てきた美郷町のホームページから観光案内の画面に辿りつくと、町が誇る名所の名前

がつらつらと書き連ねられていた。正直どれも知らないけれど、なんとなく浮いていた「恋人の丘」という名前に親しみを覚えてタップする。ここで鐘を鳴らすと、より絆が強くなり、ここで誓った愛は永遠に結ばれる、らしい。まあ、誓いたい愛もないんだけど。

ふと目線を上げると、年季の入った携帯を支える武田君の左手が目に入った。ゴツゴツした指は意外なほど長くて、少し日に焼けた手の甲には緑色の血管がふっくらと膨らんでいる。手首のくるぶしみたいな骨や尖った喉仏を中和するようにゆるくカールした癖っ毛が、なんだか妙に色っぽく見えた。

「これよくね?」

武田君の声が急に降ってきて、私はしばらく彼に見とれていたことを誤魔化すように「どれ?」と言った。

「百済王伝説っていうのがあるんだって。百済滅亡時に王族が美郷町に移り住んだという伝承が残されていますって。これに由来する建物とか祭りとかもあるみたいやし、テーマとしては最適やない?」

机に置かれた武田君の携帯を、おでこを寄せ合うようにして二人で眺める。

「うん、いいと思う。百済王伝説をベースにして、この……神門神社? とか、西の正倉院とか、調べていけば。あとお祭り、師走祭りやね」

「おお、完璧やん。それでいこう」

そう言って武田君は、配られたプリントの裏面に私が並べた単語を箇条書きにしていった。あっさり決まりすぎて逆にこえー、とはにかみながら。

私は自分だけ何もしていないのが居心地悪くなって、また携帯を操作し始めた。上から順番に見ては消し、見ては消しと情報を浪費していると、画像の一枚もない、文字だらけのページで指が止まった。

――百済が白村江の戦いで滅亡するのは六六三年、神門に百済が亡命するのは八世紀半ばの七五六年。この約百年の時間のずれは、どういうことなのでしょう。

「何か面白そうなのあった?」

顔を上げると、メモを終えたらしい武田君が長い睫毛を伏せて私の手元を見ていた。私は「これ」と言って携帯の向きを変える。

目玉だけを動かして文章を読んだ武田君は、ゆっくりと腕組みをして「へえ」と呟いた。

「百年も時間のずれがあるんだって。なんかすごい、神秘的やない?」

「百年ってすげえな。なんでやっちゃろう」

「うーん、そもそもの時間がずれてたとか? 日本と百済の間で、海とかを境にさ。例えば日本が二〇〇〇年のとき、百済では二一〇〇年だったり、タイミング的なずれじゃなくて、百済が百年早く暦を数えてたり」

そこまで言って、我に返った。頭の中で想像しているときはさほど違和感もなかったのに、口に出すと途端に馬鹿げたことを言っていると気づく。私は武田君の顔を見ずに「まあ、そんな訳ないんだけど」と言って話を切り上げた。

いつだったか、亜希ちゃんに言われた言葉を思い出す。

「遙ってさ、なんかずれちょるよね。インスタもツイッターもしてないし、いっつも本ばっか読んじょっし。正直、それって妄想やん？　世界中の人と繋がれるインスタの方が、百倍楽しいよ？」

悪気はなかったのだと思う。それでも亜希ちゃんの言葉は棘のように私の心に刺さって、たまにこうして傷を抉る。亜希ちゃんはずっと、どこかで私を見下していたのだと思う。現実に何重にもフィルターをかけた写真に何個いいねがついたとか、そんなことに必死になっている亜希ちゃんを、私が見下していたのと同じように。

「それ、めっちゃ面白いやん」

「えっ」

武田君の反応に、思わず声が裏返る。

「その説でいけば、恋人の丘で絆が強まるっていうのにも繋がるんやない？　百済の子孫が現代にもまだ残ってて、鐘を鳴らした人たちを百年前から結びつける……ってあれ、なんかこんがらがってきたな」

武田君はゴツゴツした手を首元に当てながら笑った。私もつられて笑みがこぼれる。

「なんか言葉にしたら、とんでもないこと言ってるように思えてくるよね」

「すげえこと思いついた気がしたんやけどな」

二人の間に穏やかな沈黙が流れる。気がついたら、私と武田君以外のクラスメイトの姿がなくなっていた。

「なあ」

少しだけ開けていた窓から十一月の風が滑り込んでくる。武田君のふわふわした髪を揺らす。

「行ってみらん？　美郷町」

心臓をやわらかく握られたような気がした。亜希ちゃんの言葉を聞いたときと、似ているけど違う。私の体の真ん中を優しく包んでくれているようで、そのあたたかさがむず痒い。

「……実際行ってみた方がイメージ湧きやすいかなと思って。江藤さんが難しそうやったら全然、いいんやけど」

黙っていた私を見て、武田君が弁解するように言った。私は慌てて顔の前で手を振る。

「えっと、私も一緒に行ってよければ。ていうか、どうやって行くと？　電車？」

「日向市駅まで電車で行って、そっからうちの姉ちゃんに車出してくれんか頼んでみるわ。それでもいい？」

私はこくりと頷いた。探り合うような会話がなんだか気恥ずかしくて、思わず目を逸らしてしまった。

廊下から聞き慣れた担任のスリッパの音が近づいてきた。授業はもう終わりに近づいているらしい。

ホームルームで日時を確認したきり、当日になっても武田君からの連絡はなかった。私は武田君が約束を覚えているのか、からかわれているだけなのか不安な気持ちを抱きながら一週間を過ごし、もし武田君が来なくても気落ちしすぎないように、パーカーとスカートというラフな格好で宮崎駅の切符売り場の傍に立っていた。

土曜日の朝九時。武田君が約束を覚えていれば、そろそろ来るはずだ。

最寄り駅まで車で三十分程かかる町に住んでいる私にとって、駅は新鮮だった。スーツ姿の男性、膝上スカートにブレザーを羽織った私立の学生達、外国人、キャリーバッグを転がす家族連れ。こんな場所に一人でいることが急に心細くなって、意味もなく携帯の明かりを点けたり消したりしていた。

「江藤さん」

割に低い声を聞いた瞬間、私はひどく安心した。

「ごめん、待ったっちゃない？」

武田君は黒いパンツに白いトレーナーを合わせただけのシンプルな恰好だったけど、なんだかすごく大人びて見えた。きっと、サイズ感とか素材とか、そういうものの選択が上手いのだと思う。

「全然。ていうか、わざわざ迎えに来てくれてありがとう」

定期あるから余裕よ、と武田君は言って、慣れた様子でホームまでの階段を上がっていった。

一時間ほど電車に揺られて日向市駅に着くと、武田君はピンク色のラパンの元へ歩いて行って「うちの姉ちゃん」と紹介してくれた。猫みたいな目をきゅっと細めて迎えてくれたお姉さんは顔はあまり似ていなかったけれど、時間がゆったり流れているような独特な雰囲気は、やっぱり武田君と同じだった。

「姉ちゃん結構運転荒いから、酔わんように気を付けないよ」

車に乗り込んでシートベルトを締めながら、武田君が言った。

「それ私に対して失礼やない？」

「いや、まじで姉ちゃんの運転酔うもん俺」

前から聞こえてくる会話に笑っていたのも束の間、車通りの少ない山道をひたすら上ったり下りたりしているうちに、喉元に違和感が漂い始めた。駅の自販機で買ったペットボトルの水をゆっくりと流し込む。重くて濁った胃の中に、清らかな水がするすると流れ落ちていく感触がした。

蓋を締めながら窓の外を見ると、左手には川が流れていた。青というよりは、緑に近い色の川。海が空の青を真似しているのなら、この川は周りの山を真似しているのだろうか。

「遠慮せんで窓開けていいからね」

気遣ってくれたお姉さんにお礼を言って、私は少しだけ窓を開けた。ぬるい空気が出ていく代わりに、透明で冷たい空気が入ってくる。

「江藤さん、あれ見てあれ」

そう言って武田君が指さしたフロントガラスの向こうを見た。

「山？」

「そう。なんか恐竜みたいに見えん？」

恐竜、と私は小さく呟いた。

「あのでっかい山の真ん中あたり、途中から木の幹がずらーって見えるとこがあるやろ。あそこが歯。そしたら横向いてる恐竜に見えてくることない？」

見えるやろ？　見えるやろ？　と後ろを向いて必死に訴えてくる武田君を見て、思わず笑ってしまった。

「あんた本当にガキやな」

「いや恐竜馬鹿にすんな」

二人の会話を聞きながら、何と戦っているわけでもないのに勇ましく吠えている恐竜を、私はただじっと眺めていた。

「よーし、南郷に入ったよ」

「百済の里・西の正倉院」と大きな文字で書かれた看板を追い越す。さっきまで遠かった山が、なんだか急に近くなったような気がした。窓から入ってくる空気も、今までよりもっと冷たい。「山に守られている」という言葉が、何の前触れもなく私の胸にストンと落ちてきた。

「あと十分位で着くっぽい」

武田君が手元で携帯を操作しながら言った。あれだけお姉さんに釘を刺しておきながら、車酔いなどまるでしていないらしい。

右手を山、左手を川に囲まれた見慣れた景色は、田んぼへと姿を変え、ポツポツと民家も目立つようになってきた。

たまにしかすれ違わない車に、広い歩道。手押し車を押しながら歩く、作業着姿の老婆。地元の風景とそう違わないのに、遠く離れた場所にいることに私は高揚し、次第に吐き気も薄れていった。

「着いた着いた」

神社の向かいにある駐車場に車を入れて、お姉さんは吐き出すように言った。私は運転席のお姉さんに向かって「ありがとうございました」と深々と頭を下げた。

「俺らしばらくこの辺の施設見てくるから、姉ちゃん適当にゆっくりしてなよ」

とりあえず車で寝とくわ、というお姉さんを残して、私と武田君はまず、神門神社へ向かうことにした。

「神門神社って、百済の王族の……えっと」

「禎嘉王？」

「そう。その人が祀られちょっとよな」

武田君は階段を一段飛ばしで上って、神社の方へぐんぐんと進んでいく。私は一礼して鳥居をくぐった後、階段に足をかけたところで思わず立ち止まった。

あまりにも静かだった。土曜のお昼だというのに、車の音も、人の声も、鳥の鳴き声さえも聞こえてこない。そういえば、広々とした駐車場には三、四台の車と、休憩をしているのであろう大型トラックしか停まっていなかった。

前を歩いていた武田君が「どうした?」と振り返る。

「えらい静かやなって思って」

「な。神聖なかんじするよな」

と武田君は軽やかに言ってまた階段を上りはじめた。私もそれ以上何かを言う気にはなれなくて、一段ずつ足を進める。耳を澄ませば木の葉が地面に落ちる音さえも聞こえてきそうだった。

階段を上りきると、空気が変わったような気がした。横を見ても、上を見上げても緑に囲まれていて、葉の隙間からうまれた白い光がそこら中に散りばめられていた。

私たちはお賽銭を投げ入れて、遠慮がちに鐘を鳴らして手を合わせた。私が目を開けたときには武田君はもう横にいなくて、ろうそくを灯す台のようなもの(調べたら御灯明というらしい)を見て「これ電気でいいんかな?」なんて言っていた。

「武田君、この隣が西の正倉院やろ? 行ってみようや」

私は武田君に背を向けて、木製の建造物が頭をのぞかせている方へと向かった。

こじんまりとした舞台のようなものを通り過ぎると、西の正倉院へ入るための門があった。武田君がまっすぐそちらへ向かおうとしたので、慌てて引き留めて、ヒノキの香りのする受付で学生用の入場券を二枚買った。

門をくぐると、広々とした敷地の中に想像よりもはるかに大きな建物が鎮座していた。

私たちはなんとなく無言になって二、三枚写真を撮ったあと、入口までの階段を上った。

開かれた入口に一歩足を踏み入れた瞬間、武田君が

「すっげ、木の匂い」

と鼻をスンスンさせながら言った。私も真似をして鼻で空気を吸い込むと、受付で香ったヒノキの数倍強い香りがした。

中には誰もいなかった。右手と左手にそれぞれショーケースが並んでいて、歴史を物語る宝物たちが飾られていた。

銅鏡や仏像のようなものを見て、武田君は「へえ、すげえ」と感嘆していたけれど、歴史に疎い私は正直どれもピンとこなかった。それよりも、どこまでも続きそうなほど高い天井や、地面との間の光が透けて見える床板が気になって、私はずっと首をぐるぐる動かしていた。

最後に辿り着いたのは無数の鉾が天井に向かって並べられた場所だった。「圧巻だね」と思わず言葉が漏れるその光景を見て、これ落ちてきたりしないのかな、と思っていると、武田君が独り言のようにぽとりと言葉をこぼした。

「こんなに立派な建物があって、こんなに貴重なものが保管されてるのに、あんまりみんなに知ら

れてないの、なんか悔しいなあ」

高くて閉ざされた場所にいるからか、声が響いて、いつもよりもまっすぐに聞こえた。

武田君は別に返事など求めていなかったようで、よし行くか、と出口に向かって歩き始めた。

百済の館は、門を出て坂を下ったところにあった。一目見ただけで日本のものではないとわかる、赤と緑が特徴的な外観だった。受付に座っていたおばさんは私たちに気がつくと入場券を確認して
「あなたたち初めて?」と聞いた。

「初めてです」

「じゃあ、案内するわね」

中は資料館のようになっていて、韓国の食器や、思わず胸が高鳴るような装飾品などが保管されていた。

「あ、これ、師走祭りじゃん」

装飾品に目を奪われていた私は、武田君の視線の先を追いかける。西の正倉院にもあった師走祭りについてのパネルが、当時の写真と一緒に並べられていた。

「そこの川を越えたあたりの田んぼに火を焚いて、迎え火を灯すんです。木城町の比木神社の一行がここまで歩いてこられて、昔は九泊十日だったけれど、今は三日間、こちらに滞在します。千三百年もの歴史があるんですよ」

おばさんは読み込みすぎて覚えてしまった詩を暗唱するかのようにすらすらと言った。私はへえ、

とか、すごい、とか、ありきたりなことしか言えなかった。武田君は、黙ってパネルを見つめていた。

「さあ、この辺はおしまい。あちらの部屋には韓国の伝統的な衣装であるチマチョゴリを置いてあるんです。あなたたち、着てみません？」

初めて聞く名前に尻込みして「私は、見るだけで……」と言葉を濁すと、武田君が「この子、女の子だけ着ます」と私の肩を叩いて言った。

「あら、お兄さんはいいの？　せっかくだからカップルで撮ればいいのに」

「俺は彼女の可愛い姿が見れたら十分です」

なんて調子の良いことまで言っている。

「そう？　じゃあお姉さんだけね。若いし、やっぱりピンクがいいわよね」

おばさんの後に続くと、入口に置かれていたラックはピンクや黄色、薄い紫などの華やかな色で溢れていた。どこか既視感があると思ったら、いつか亜希ちゃんにおすすめされた韓国ドラマの中で女優が着ていたものだった。

「服の上から着られるからね。これはね、韓国から取り寄せたものなの。たくさんあるけど、やっぱりのこの薄いピンクが可愛らしくて私は一番好き」

やわらかく微笑んだおばさんが、おぼつかない手つきで胸の前の紐を結ぶと、私はあっという間に韓国の女学生に様変わりした。

華やかな色とふんわりとしたスカートに纏われて、自然と頬が緩んだ。滅多に着ない浴衣に袖を通したときの気持ちと、よく似ていた。

「お、似合ってんじゃん」

意味もなく後ろを向いていた武田君は、振り向いて言った。私は照れくさくなって顔も見ずに「ありがと」と答えた。

せっかくだから写真を撮りましょう、というおばさんの提案により、私と武田君は二人で並んだ。一人はチマチョゴリ、一人は私服というなんともシュールな光景である上に、おばさんが撮ってくれた写真はブレていたりピントがずれたりしていて、三人で声を上げて笑った。久々にこんなに笑ったな、と思った。

「あなたたちどこから来たの？」衣装をしまい、出口へと向かう途中でおばさんが言った。

「私は、宮崎市からです」

「あら、ここまでずいぶん遠かったでしょう」

そうですね、と曖昧に笑う。実際私は、乗り物に揺られていただけなのだが。

「ここはこの通り、人が少ないでしょ。特に若い人なんて滅多に来ないから、今日は楽しかったわ」

ありがとう、とおばさんは横に伸びた目尻をさらに伸ばして微笑んだ。

「来場者っていつも今日くらいなんですか」

「そうね。今日はあなたたちの前に三組来たから多い方だけど……先週なんてもう全くねえ。少し前までは熊本の観光バスがここへ来てくれてたんだけど、ほら、震災があったでしょう。あれっきり来られなくなっちゃって。やっぱり今も大変みたいね」

そうなんですか、と力なく呟く。隣にいる武田君を横目で見ると、どこか遠くを見つめていた。また恐竜でも探しているのだろうか。

「この辺は子供も少ないから寂しくってねえ。この先にある美郷南学園は一貫校だけど、あそこもやっぱり人が減ってきてるらしいものね」

おばさんの指が示す方向は、私たちが通ってきた道だった。確かに、学校のような施設とグラウンドがあった気がする。

「水清谷小学校とか神門小学校とか、ありましたよね。昔」

それまで黙っていた武田君が口を開いた。

「ええ。今はもうそれらが全部合併して一貫校になってるの。たしか、幼稚舎から中学までだったかしら」

幼稚舎から、と思わず繰り返した。私の地元からすると考えられない。

「若い子や親は、どんどん町外に出てしまうの。便利さを考えたらその気持ちもわかるんだけどね。いつかこの町がなくなってしまうんじゃないかって、最近はそればかり考えてるわ」

おばさんは目を細めて言った。そこには観光施設の管理者ではなく、美郷町民のひとりとして、ふるさとの未来を憂う姿があった。希望よりも、諦めの色が濃く出たような表情だった。

「こんなにのどかで、いいところですから、きっと人が戻ってきますよ」

本心だった。確かにお店は多くはないけれど、新鮮な空気と緑に囲まれていて、伝統を大切に守ろうとしているこの町を、私はとても素敵だと思った。

「僕もそう思います。きっとなくなったりしないですよ。これからの将来を担う若者の代表として、約束します」

武田君がサッカー選手みたいに拳で胸をトンと叩いて八重歯を見せた。私は思わず「自分で言うか」と突っ込む。おばさんがウフフ、と笑う。

「ありがとう。頼もしいあなたたちとお話できてよかったわ。ぜひ、また遊びに来てね」

おばさんはもう一度「本当にありがとう」と言って頭を下げた。


「なんか、色々考えさせられたなあ」

まだまだ衰える様子のない太陽の光に照らされながら、武田君が言った。

私は気の利いた言葉が思いつかなくて、見えてもいないのに頷いた。その代わりに
「てか、小学校のことなんて、よう知っちょったね」

と疑問に思っていたことを投げかけた。武田君はしばらく黙ったあと、髪の毛をくしゃくしゃと揉みこんで言った。

「江藤さんには言ってなかったけど、実はちょっとだけ、住んでた時期があったとよね」

「えっ、美郷町に？」

「うん。小さいころやったし、ほんと一、二年くらいやったけど」

するとと武田君は、コップの水が溢れるみたいに、ゆっくりと自分の胸の内を話し始めた。

「俺元々は神奈川にいたっちゃけどさ、小学校上がる直前くらいに、親父の勤めてた会社が倒産して。それをきっかけに親父の実家の美郷町に引っ越してきたとよね」

道路を渡ろうと思ったら、一台の車が走ってきた。排気ガス混じりの風に髪の毛を乱される。横断歩道の白線を、裂くように歩く。

「親父は最初農業継ぐつもりやったけど、まあ、なかなか上手くいかんかったみたいで。母親も買い物が遠いとか結構不満があって、で、もうこんなとこ出るって、飯食ってみんなで囲炉裏囲んでるときに、親父が急に言い出してさ。俺と姉ちゃんは小学校に友達おったし、もう大泣きやったっちゃけど」

武田君は息を漏らすように笑った。八重歯は、見えなかった。

「でも何より、そのときのばあちゃんの悲しそうな顔が見てて辛くてさ。俺らが美郷町に住むってなったとき、両親の部屋も子供部屋も、綺麗に掃除して用意してくれて、はんてんもみんなの分作ってくれてて。じいちゃんはすぐ出て行くやろって言ってたらしいけど、ばあちゃんはすげえ楽しみにしてくれててさ」

「うん」

「……今思うとばあちゃんは、俺らに行かないでって、言えんかったんやろうな」

武田君は、俯いていた顔を上げた。

「子供なりにずっと罪悪感とか抱いてて、それが心のどっかに引っかかっててさ。将来何がしたいかって考えたときに、そうやって人が出て行ってしまう環境をどうにかしたいって思ったとよね。そのために俺、宮大の地域学部目指してんの」

「武田君、ずっと進学組やったもんね。明確な目標があるって、すごい」

まだまだ勉強せんとやけどな、と武田君は笑った。

「ちなみに、杉田のばあちゃんは木城町にいて、同じような理由で、同じとこ目指してる」

その名前を聞いて、どくり、と心臓が跳ねるように鳴った。

亜希ちゃんの好きな人。私の居場所がなくなってしまった、きっかけ。

「……杉田さ、すげえ悩んでた。山本のこと傷つけた上に、江藤さんにまで申し訳ないことしたかもって」

「傷つけた？　亜希ちゃんのこと？」

武田君はやっぱり、みたいな表情をして、私を見つめた。

「振ったんだって、山本のこと。そしたら、いつも一緒にいた江藤さんと山本がバラバラになっちゃって。ちょうどその頃、杉田が江藤さんに勉強教えてもらってる時期で、二人で一緒にいることが多かったから誤解したのかもって、心配してた」

知らなかった。亜希ちゃんが、杉田君に告白していたなんて。

思えば、私が見ている亜希ちゃんはいつも可愛くて、明るくて、キラキラしていた。私はそんな亜希ちゃんといることで、自分まで強くなった気がしていた。

見た目が良かった私といることで、自分の価値を高めようとした亜希ちゃん。

クラスでの地位を保つために、亜希ちゃんといた私。

「俺は二人の絆を結びつけることなんてできんけどさ」

私たちはたぶん、すごく似た者同士だ。

「でもやっぱ二人とも、どっか寂しそうだよ」

胸の中に、小さなひかりが灯った気がした。

私は亜希ちゃんに、今日の話をしようと思った。武田君と美郷町まで来たこと。建物を見て、初めてあんなに感動したこと。可愛いチマチョゴリを着せてもらったこと。いつかここに、亜希ちゃんと一緒に来たいと思っていること。

今度はきっと、言えるはず。

遠くで大きく手を振っているお姉さんの姿が見えた。私たちも負けじと手を振り返す。

亜希ちゃん。私たちってね、思ってるよりもずっと、言葉にしないと伝わらないみたい。

佳作

「私の姉妹」

羽鳥郁

外の見えない部屋での暮らしは長くて、いくつの季節を過ぎたのかも覚えてはおりません。暗く静かなこの生活に飽きたりも致しますが、ここに来る以前には御仏のお座りになった足下の土の中で過ごしたこともありましたので日の差さない場所はもう慣れっこなのでした。御仏—今の人は奈良の大仏と呼んでいるようです—と共に過ごした月日は人々の祈りの声で満ちた時間で、驕りかもしれませんが私は人々の心の拠り所になったような心地にもなったものです。

申し遅れました。私は一枚の鏡、人に唐花六花鏡と呼ばれている銅鏡でございます。どこで生まれたかは記憶にございませんが気が付いた時には同じ模様の鏡達と土壁に立てかけられておりました。そっくりな私達が行儀よく並んだ様子に「私達、姉妹のようだわ」と面白く思いました。そうですね、このお話の上では彼女達のことを「姉妹」と呼ぶ事にいたしましょう。しかし並んでいられたのも僅かな間で私達はある日別々の箱に収められて運ばれて、それきり散り散りになったのでした。でも他の鏡—姉妹—とはもう会うことは叶わないかもしれませんが寂しくはありませんでした。なぜなら私達は別の鏡が映している風景を見て耳にする音を聞くことができたからです。そんな時、私は彼女達と一枚の鏡になれたような気持になりました。

私が一番楽しかったのは都に住まうとある貴族の屋敷を垣間見るときでした。私が初めて目にしたのはまだ若い男が恋する女性に姉妹を渡したときの緊張した顔でした。程なくして二人は夫婦となり、更に時が経つと化粧した妻が夫を待つ姿や二人の間に生まれた赤子のふっくらした頬など、姉妹が映す場面はどれをとっても幸せに満ちた家族でした。

その後も赤子が生まれ屋敷に人も調度も増えてこの一家が栄えていく様子が私にもわかりました。赤子達も兄は福智、弟は華智と名づけられ、いずれも父母に似た見目麗しい少年に成長していきました。

また日は過ぎて、私の上にお座りになっている御仏の開眼供養の日がやってまいりました。朝に母と兄弟が出かけて行く父を見送る姿がありました。庭では青空の下に花が咲き乱れて儀式にふさわしく美しい日でした。

正装の父を前に福智王が言いました。

「父上。開眼供養の間は私達も傍まで行って祈りを捧げていたいと思います。なあ、華智」

しかし華智王は無邪気に、

「楽しみです、出かけるなら市も見物に行きたいです、母上いいでしょう?」

母のトヨは困ったような表情になり、

「華智、遊びに行くのではありませんよ。今日はとても大切な日だというのに」

禎嘉王は三人の会話を微笑みながら聞いていましたが最後に表情を引き締めました。

「都だけでなくこの大和に住む皆を救おうという毘盧遮那仏様の開眼供養だ。皆の願いが届くように我らも良く祈ろう」

一万人もの僧侶が集まったという開眼供養が始まると私は打ち鳴らされる鉦の音や読経の声を聞きながらどこか近くにいる禎嘉王達のことを想いました。そして多くの民とこの優しい家族の未来を御仏に祈ったのでした。

開眼供養の日からまた時は過ぎて、いつの頃からか屋敷の内が騒がしくなり始めました。それは耳打ちが積み重なるようなざわめきでした。

ある夜更け、屋敷に使者がやってきて姉妹の置かれた部屋に招き入れられました。

「使者殿、諸兄様から何のお話かな」

禎嘉王が尋ねると使者は手をついたまま
「わが主からの伝言です。禎嘉王様のご家族は速やかに都を出られるようにと」

禎嘉王は首を横に振ります。

「諸兄様には今までの恩義があります。行くなら一緒に参りましょう」

しかし使者は
「橘の一族は都を出てもすぐ追手がかかるでしょう。政はすでに藤原仲麻呂の手中にあり大王は何もお止めになりません」

橘諸兄様という名には聞き覚えがありました。先の聖武帝の寵臣であった方で禎嘉王は親しく交わり政にも惜しみなく協力していたようです。禎嘉王が催した宴に時折やって来られては楽しんでいた姿を思い出します。その諸兄様が藤原仲麻呂の力に押されて引退されてからさほど時は経っておりませんでした。

「仲麻呂め、大王の外戚だからと横暴が過ぎる。諸兄様に功あれど咎などあるものか」

使者はすぐに立ち去りました。禎嘉王は後も独り考え込み、姉妹も私も禎嘉王の様子を案じながら見守っておりました。

短い間に何度も使者がやって来ると禎嘉王は心を決めたようでした。すぐに準備が始まり姉妹は柔らかな布に包まれて箱に収められました。少し気の弱い彼女はとても不安がっていてもしも涙を流せるなら泣いていたかもしれません。

姉妹が何かを映すまでは幾日もの時間が必要でした。私はその間、ただ姉妹や禎嘉王家族らの無事を祈ることしかできませんでした。

その日は突然やって来ました。ぱっと目の前が明るくなると見も知らない景色が広がりました。見渡す限りの水と繰り返す心地よい音。煌めく光の輝き。姉妹も驚きながら呆然と眺めておりましたが人の言葉からこれが海と言う物だと知りました。

しばらくの間は何事もなく、皆は穏やかな暮らしを送ることができました。しかしその時間も長くは続かず諸兄様が他界し、ご家族が仲麻呂に攻められたという報が届くと禎嘉王はこの地を去ることを決めました。

今度の出立は禎嘉王家族とほんの数人の供だけで、都から一緒に来た人々の多くはこの地に留まることになりました。見送りも断り、まだ夜の明けきらない厳島の浜を一行の乗った船二隻はひっそりと離れました。姉妹は都を出た時のようにまた箱の中で怯えなければなりませんでした。人の話で行く先は筑紫島だとわかりましたがそこがどんな所でどのくらい遠いのか、見当もつかぬまま姉妹は船に乗せられていったのです。私は彼女を力づけてやりたいと思いましたが残念ながら我が身は土の中。美しい風景など見せてやることもできません。他の姉妹達もきっと気を揉んでいるでしょうが彼女の心を慰められる者はいないようでした。

そしてある日、嵐が船を襲いました。ひどい揺れで姉妹は箱から転がり出そうです。

「父上、父上！　兄上の船があんなに遠くに」

華智王が叫んでいます。

「大丈夫だ華智、福智はすぐ追いついてくる。お前は母上をしっかり守りなさい」

不思議なことに禎嘉王の声を聞いていると心が落ち着くような気がいたします。しかし嵐は随分と続いて恐ろしい風や雨の音と供の者のすすり泣きばかりが聞こえたのでした。

やっと風雨が落ち着いた頃、華智は慌てていました。

「兄上の乗った船が見えない……父上、兄上を探しに行きましょう」

「華智、落ち着きなさい。きっと福智は先に筑紫島に着いたのかもしれない。大丈夫だ」

華智王はなかなか納得しませんでしたが何度も禎嘉王に宥められて落ち着いたようでした。その後船が止まり運び出されたことで私達は陸に着いたことを知りました。姉妹も私もほっとしましたがはぐれてしまった福智王のことだけは気がかりでした。

上陸してからの旅でも姉妹は箱から出されることなく運ばれておりました。今は屋敷の人々はおらず、人の声も途切れがちで姉妹はまた寂しさを募らせておりました。

どこかで皆が一休みをしている時です。落ち葉を踏む足音が二つ近づいて来ました。

「誰だ、お前らどこから来た」

乱暴な言葉に私はどきりとしました。

「お前とは何と無礼な」

言い返した華智王の言葉に重なるように禎嘉王が言いました。

「これは息子が失礼をした。私は百済王禎嘉、ここにいるのは家族と供の者です。故あって都からこの地にやって来ました。この近くに人の住む場所はあるでしょうか」

「……この先にあるが、お前らは歓迎されないだろうよ」

男の声はとても冷たくて私は震えましたがすぐに遠ざかって行く足音がして胸をなでおろしました。禎嘉王は皆を励ましました。

「近くに村があるようだ。さあ、そこまでもう一息頑張ろう」

程なく男が言ったように村に着いたようです。それから姉妹は一所に置かれたままになりました。時折禎嘉王家族の会話もありましたが度々聞きなれない声が聞こえてきました。残念ながらそれには好意的とは言えない音も多分に混じっていました。

やっと彼女が箱から出されたのは随分と日が経ってからでした。目の前には華智王と母のトヨがおりましたが姉妹は悲しくなりました。トヨはやつれて顔色が悪く、虚ろな目をしておりましたから。

「母上、鏡をまた飾りましょう。ほら変わらず美しいです、村の人にも見せたいくらい」

華智王がトヨの肩に手を添えて共に姉妹に向かっています。隅に小さく火が焚かれて鈍い光が周囲をぼんやり照らしていました。視界に入る部屋は草木でできているようで、床は土がむき出しで所々に枯草が敷かれております。以前あった調度の類は見当たりません。

「華智よ、鏡は大切にしなければいけない。御仏と繋がる大切な鏡だからね」

禎嘉王が部屋に入ってきていました。記憶にある禎嘉王より痩せてはいましたが日に焼けております。彼は火の傍に座ると縄に通した魚を腰から外しました。

「父上、今日は三匹も獲れたのですね、すごい」

手を叩いて華智王が喜ぶと

「これは分けてもらったものだ。魚も賢いな、獲らえようとしてもするりと逃げてしまう」

禎嘉王は慣れない手つきで魚を木の串に刺して火の前に立てました。

「私も村人と一緒に菜を摘んできました」

華智王も青々とした菜を前に並べました。

「おお、これは沢山採れたな。村の皆と仲良くできたか?」

二人が話している間、入口が僅かに開いて細く橙色の光が入ってきました。禎嘉王達は気付きませんでしたが誰かが覗いているのが分かりました。その視線はじっと姉妹に注がれております。

この日、姉妹の前で三人が食べたのは腹を満たすには程遠い魚三匹と数本の菜が入った汁だけでした。

翌朝、まだ日が昇りきらぬうちに禎嘉王と華智王は出かけていきました。二人が行った後、トヨはまた横になり目を閉じていました。そしてどのくらい経った頃でしょうか。戸口がまた細く開いて昨日と同じ目が屋内を見回していました。姉妹が不審に思っているとその人間はするりと入ってきました。子供でした。背は低くて手足も細く華智王より少し年下のようです。土汚れのついた顔にぼさぼさの髪を荒い縄で括っています。子供は足音を忍ばせて眠るトヨの横を通り、素早く姉妹を抱えると戸口まで戻ります。しかし、気付いたトヨが後ろで声をあげると弾かれたように外へと飛び出しました。姉妹は突然明るい日差しに晒されて私も目がくらくらいたしました。この地に着いて初めて姉妹と私が見た屋外の景色は青空と新緑の萌える山々でした。

「それは我が家の鏡だ。返せ」

華智王がいました。持っていた菜を投げ捨て両手を広げますが子供は苦も無く華智王の腕を潜り抜け駆けていきます。すれ違う村人達が何ごとかと振り返りますがすぐ遠くなります。子供は芽が出たばかりの段々畑を飛び降りて山を下り木々の生い茂った山中へ一息に飛び込みました。子供の足の速さに姉妹は目を回しているようでしたが私は流れていく景色の新鮮さに心を奪われておりました。青葉の隙間から零れて柔らかい土に落ちた光は輝く珠のようです。

子供は枝を掻い潜り倒木を踏み越えて斜面を駆け下り、とうとう谷底に達しました。そこには流れの速い川が轟々と音をたてて流れていて追って来る華智王の声もかき消されがちです。子供は大きな岩が転がる川岸を器用に飛び跳ねて渡っていましたが突然視界が大きく傾ぎました。あっ、という甲高い悲鳴を聞いたような気もいたしますがそれよりも視界が揺らめく世界に覆われたことに驚きました。子供が手足をバタつかせて浮き沈みを繰り返し視界から消えていきました。今、川の底にいるのだと気付いて私は攫われたことも忘れて流されていった子供の身を案じましたが、姉妹は上から伸びてきた手に急に川から引き上げられました。華智王でした。彼は衣で濡れた姉妹を拭うと下流に向かい、禎嘉王がぐったりした子供を抱えて川の深みから上がって来るのと行き会いました。禎嘉王は子供を抱えて河原にたどり着くと子供を下ろしました。子供は何度も咳をしながら座り込み、華智王は父のすぐ横に立ちました。

「丁度魚を獲りに来ていてよかった。大丈夫か、どこの子かな」

禎嘉王が子供に話しかけると

「こりゃあ、山の上に住んでいる樵の子、カナイだ」

共に漁をしていたらしい村人が言いました。

「父上、こやつが鏡を盗んだのです。おい、何とか言ったらどうだ」

息を弾ませながら華智王が詰め寄ってもカナイは口を真一文字に結んで腕を組み地面に座ったままです。

「そうか、名はカナイと言うのか。私は禎嘉、これは息子の華智だ」

そしてああ、と手を打ちました。

「この村へ来る前に山で道を教えてくれたね。ではあの時一緒だったのはお父上か」

父親の話が出てくるとカナイは急に落ち着かなくなり村人達を見回しました。

「おとうに言うか？」

「そりゃあ盗みだからな」

村人が答えると
「盗んだんじゃない。見たかっただけだ」

華智王が割って入ります。

「勝手に持ち出せば泥棒だろう！」

「まあ、待て。珍しい物に興味を持つのは当たり前だろう」

禎嘉王はカナイの横に膝をつきました。

「ただ、無断で持ち出すのはよろしくないな。これからは見たい時には訪ねてくるといい」

カナイは目を大きく見開きます。

「本当にいいのか！」

「父上！」

華智王とカナイが同時に叫ぶと
「まあいいではないか」

と笑って二人の肩に手を置きました。その夜、禎嘉王達の家に訪う者がありました。覚えのある声からカナイの父であろうと思われました。カナイも伴っております。禎嘉王は二人に座るように勧めました。

「その子は川に落ちて流されはしたが怪我はなかったようだ。本当に良かった」

カナイの父は深々と頭をさげました。

「カナイが不始末をした。すまない。母親がいなくてつい甘やかしてしまった」

カナイの父の声に先日のような冷たさはなく心からの謝罪だと感じられました。しかしカナイはというと横目に姉妹を盗み見ていて心ここにあらずといった体です。華智王はそれに気付いたのか腹立たし気な表情をしておりますし姉妹は今日の件でカナイを苦手に思っているようで視線に困惑しております。

今まで部屋の隅にいたトヨが台ごと姉妹を抱き上げて皆の傍に座るとこちらへ、とカナイを手招きしました。カナイは不審そうな顔をしましたが前に出て来ました。

「さあ、鏡をごらんなさい。あなたが映っていますよ」

幾度かトヨと姉妹を交互に見た後、カナイは鼻がつくほど姉妹に顔を近づけました。

「……触っていいか？」

トヨが頷くとカナイは姉妹をそっと持ち上げ振り返ると、

「これ見てみろ、おとうの顔も見えるぞ！」

姉妹をずい、と自分の父に向けました。映ったのは日焼けした白髪交じりの髭を生やしたがっしりとした男でした。深い皺が幾重も顔に刻まれ仁王のような大きな目をしていましたが姉妹も私も嫌な印象を持ちませんでした。

「こら、持つな。置け」

父に言われてカナイは慌てて姉妹を放しました。それでも姉妹の前から去らないカナイにトヨは懐から櫛を取り出して、そのまま座っていてねと言うとカナイの後ろに回りカナイの髪を縛る縄を解いて髪を梳きはじめました。絡んだ髪に何度も掛かりながら丁寧にほぐして櫛を入れます。そのうちに髪は真っすぐに背へと流れるようになりました。

「さあ梳けたわ、とてもきれいな髪ね」

トヨが姉妹越しに微笑みかけるとカナイは恥ずかし気な、それでいて嬉しそうに何度も自分の髪に指を入れました。

この夜から今まで訪ねて来る者のなかった家にぽつりぽつりと村人がやって来るようになりました。中でも一番顔を見せたのはカナイの父でした。トヨも床を離れている時間が増えて姉妹は三人の笑顔を映すことがずっと多くなりました。

あの日以来、家に木の実や茸が投げ込まれることがありましたがもう姉妹は怖いと思うことはありませんでした。来て良いと言われていてもカナイはなかなか家に入ってこられないようでした。

「カナイがくれる茸はいつも美味しいわね」

トヨはカナイの持ってきた茸を口にしては
「華智、あの子にお礼を言いたいわ。家に誘って来てくれないかしら」

しかしトヨに言われても華智王はあまり良い返事をしませんでした。

ある日、華智王が上気した顔で両手に茸を持って帰ってきました。

「母上、あの茸をたくさん見つけました。これからはカナイではなく私が採ってこられます」

「まあ、華智も山に詳しくなったのね」

華智王が差し出した茸をトヨが手に取ろうとしたときでした。カナイが飛び込んできて華智王の腕を掴みました。

「何をする！」

叫ぶ華智王を無視してカナイは華智王の手から落ちた茸を残らず拾いました。

「いつもの茸に似てるけどこれは毒茸だ。お前一人で採りに行ったな。食べたら大変だぞ」

「すまぬ……助かった」

毒茸を持って出て行こうとするカナイにトヨが声を掛けました。

「ありがとうカナイ。それにいつも茸や木の実もありがとう。とても美味しいわ」

カナイは戸口の手前で立ち止まると、ちらと華智王に視線を投げました。

「……お前は物知らずだから、山に入るときは言え。付いて行ってやる」

その約束を違えずカナイは華智王と共に山に行き、父と共にこの家にやってくるようになりました。禎嘉王達も喜んで迎えて華智王もカナイと次第に打ち解けていきました。

姉妹は穏やかな気持ちでその風景を映しておりました。そしてこんな時間がずっと続くといいと思っているようでした。私も姉妹の願いが御仏に聞き届けられるように祈るのでした。

この年は畑の実りも良く村人の助けもあり、禎嘉王家族は冬を越すことができました。

また若芽の芽吹く季節が来る頃、よく見知った顔が訪ねてきました。最初に気づいたのは華智王です。

「父上、タキが来ています。兄上と同じ船に乗っていたあのタキです！」

禎嘉王も喜びましたしトヨも立ち上がり華智王に駆け寄りました。

「タキどこに？　福智は一緒なのですか？」

家に招き入れられたタキは姉妹にとっても懐かしい顔でした。

対面したタキは目を潤ませていました。そして船が流されてからここに至るまでの経緯を話してくれました。

「苦労もありましたが福智王様も共に船に乗っていた者も一人も欠けずにおります」

「なんと幸運なこと！　今、福智はどうしておりますか、怪我などしていませんか」

矢継ぎ早に尋ねるトヨに禎嘉王と華智王は優しい表情で寄り添っております。

「とても元気にしておられます。それに……」

タキが口ごもるとトヨは顔を曇らせました。

「どうしました、何か悪いことでもあったのですか」

いいえとタキは強く首を横に振り、

「実は……福智王様は住まわれている村に想う娘がおられるようなのです」

まあ、とトヨは口を開いたまま次の言葉がありません。

「なんと、随分元気にしておるではないか」

禎嘉王は膝を叩いて笑い始めました。

「では私に姉上ができるのですね」

華智王も共に笑顔になり姉妹も私もすっかり愉しくなってしまいました。その日は夜が更けるまでタキの話は続いたのでした。

タキが福智王の元に戻ってからしばらく後、家に村長が訪ねてきました。禎嘉王が喜んで迎えると村長は挨拶もそこそこに頼みごとをしてきました。

「実は末娘の嫁入りが決まり山向こうの村に嫁ぐことになりましてな。折角美しく身支度する娘にその姿を見せてやりたいので、当日鏡を貸してはもらえないでしょうか」

禎嘉王とトヨは顔を見合わせてから同時に言いました。

「もちろん、お貸ししましょう」

私の心は高鳴りました。カナイに攫われて以来姉妹は家に置かれたままでしたから、また外に出られることが嬉しくてたまらなかったのです。彼女にこの村をもっと映してほしい。私はそう強く望んでいましたし素敵なことに姉妹も同じ気持でいてくれるようでした。

春の畑仕事が一段落すると婚儀の日がやってきました。禎嘉王に抱えられて外に出ると山にはちらほら花をつける木がありました。段々畑の畔に咲く名も知らぬ花に白い蝶が連なって舞い降りていきます。若葉色に染まった山は美しくて、見えているだろう他の姉妹達も心浮きたっていることでしょう。出会う村人は陽気に歌っていて、誘われるままに禎嘉王達も一緒に歌います。花嫁の荷を婚家まで運ぶというカナイの父とも会いました。振舞われた酒で酔っているのか赤い顔で禎嘉王と肩を組み、足取り軽く共に山道を登ります。

村長の家に着くとすでに多くの人が集まっていて花嫁の支度は整っていました。花嫁衣装は都で見慣れた女たちの装束よりも質素なものでしたが真新しく、何よりも花嫁自身が輝いて見えました。禎嘉王が村長に招き入れられて花嫁の前に姉妹を置くと、花嫁は恐る恐るといった風に鏡面を覗いて驚いたようです。姉妹を指さし勢いよく振り返りました。

「これ、私?」

どっと笑いが起きます。

「そうだよ。今日、誰よりも美しいお前だよ」

村長は目を細めて娘に声をかけ、母らしい女性は俯いて目頭を押さえています。

やがて花嫁の出立の時刻がやって来ました。村人たちが花嫁行列を見送る中、禎嘉王達はカナイが隅にいるのを見かけました。トヨが声を掛けましたがカナイは気付かないのか応えずに花嫁を熱心に見つめていました。

翌日も良く晴れた日でした。朝餉を終えた禎嘉王がいつも通り畑仕事に行こうとしていた時です。

村人が飛び込んできました。

「大変だ、村長の息子が誰かに襲われて戻って来た」

顔色を変えた禎嘉王は村人たちと出て行きました。トヨは不安そうに、

「まさか仲麻呂の追手では……」

厳島にいた頃には仲麻呂の権力はさらに強く、並ぶ者はなくなったと伝え聞いていました。華智王はトヨを宥めました。

「今の仲麻呂にとって私たちは随分と小さな存在です。追手をかけることもないでしょう」

しかし、残念なことに華智王の予想は外れました。禎嘉王は帰ってくるなり、

「おそらく都の、仲麻呂の兵がすぐそこまで来ている。タキがここにたどり着いた程だ、私たちの噂はあちこちに広まっていたのだろう」

禎嘉王は華智王に荷を背負うように言うと
「母上を連れてここから離れるのだ。福智を訪ねていくといい。場所はタキに聞いたね」

「父上、父上は、」

「私はここに残って兵たちに村人達は関係ないと話そう。なに、僅か三人だけの家族の我らに兵もがっかりして何もせずに帰ってくれるかもしれない」

禎嘉王は華智王とじっと目を合わせました。その時、おい、と声を掛けられ華智王が振り返ると戸口にカナイが立っていました。

「お前のおとうに頼まれた。山に入って隠れるぞ。余所者になど絶対見つけられないから」

姉妹もいつもの箱に収められトヨや華智王と共に家を出ました。村の女性や子供も山に逃れるらしく多くの声もついてきました。

「遅れるなよ、ちゃんと付いてこい」

カナイが皆を励まします。それから随分登った頃小さな悲鳴があちこちで上がりました。

「村の方角にあんなに煙が、村が燃えてるのかい」

女たちの声に私は兵が村に火をつけたのではないかとぞっとしました。残った禎嘉王はどうしたのだろう？　そう思ったのは姉妹や私だけではありませんでした。

「母上、父上が心配です。私は村に戻って様子を見てきます」

「華智、一人では危ないわ」

姉妹が大きく傾ぎました。華智王が踵を返したのでしょう。

「おい、駄目だこのまま山を登るんだ」

「カナイ、ありがとう。皆と一緒に無事に逃げてくれ」

「お前たちを必ず逃がすってお前のおとうと約束したんだ。行くな、なあ、一緒に来い」

カナイの声はどんどん遠ざかりました。それからは足音と荒い息遣いが姉妹の知ることのできる外の気配でした。

やがて村近くまで来たのか華智王の歩みは徐々にゆっくりになり、止まりました。

「父上……」

　華智王の呟きが聞こえました。心細げな声で華智王の心の内が推し量れました。風が吹き渡る音と共に荒い言葉のやり取りも耳に入ります。近くに兵がいるようです。

「おい、ここにも人がいるぞ。お、こいつ都人じゃないのか。お前は誰だ」

　誰かが近づいて来ます。

「待て、争いたくはない。父を探しに来ただけだ、私は……」

　わあっという叫びと共に姉妹が箱から転げ出ました。華智王の背負った荷が落ちたのでしょう。わずかに目に入ったのは組み伏せられる華智王と、屈強な兵の足にしがみついたトヨの姿でした。私の子を放しなさい、という鋭いトヨの声が一度聞こえたきりで二人の声をもう耳にすることはありませんでした。姉妹は地面からずっと空を映していました。

　いつの間にか空の色が黄みがかってきた頃。

　何だこれは、と姉妹を拾い上げたのは厳つい顔の男でした。兵のようです。彼は周囲を見回すとにやりと笑って、姉妹を懐に入れようとしました。しかしまたも姉妹は地面に転がりました。兵が地面に引き倒されたからです。

「その鏡はお前が持っていい物じゃねえ」

　カナイの父の声でした。

「なんだと横取りするつもりか、俺の物だ」

「違う。それはあの人達の大切な物だ」

カナイの父は怯まず兵に向かって飛び掛かりますが兵も鉾を振り回して応戦します。私はたまらずついには目を閉じました。人の争いはなかなか決着がつかず随分長い時が経ったような気がします。一人の息遣いが聞こえなくなり私は恐る恐る目を開けました。兵が地面に倒れ、カナイの父が鉾を手に立っておりました。私達は彼が勝ったと歓喜しましたが様子がおかしいことにも気づきました。

カナイの父は姉妹を拾うと歩きはじめました。しかしその足取りはだんだん重くなり、山中の開けた場所に立つ大きな木の下で膝をつくと、幹にもたれて座り込みました。

「これを、返さないと……」

抱えられていた姉妹はカナイの父をしっかり映していましたが瞼は半分閉じられていましたが小さく唇が動きました。

「カナイ……」

姉妹は腕から緑の草の上へと落ちました。

私たちは色が刻々と移り変わる空を見上げていました。やがて空は朱色に染まりました。

「おとう、無事に戻ってたか。よかった」

カナイの声でした。息を切らせながら
「女子供と山へ隠れようとしたんだけど、華智と華智のおかあとはぐれちまった。見かけなかったか。……おとう?」

カナイは姉妹を拾って父の前に立ちました。

「……おとう、おとう、何で、ああ」

姉妹はカナイの震える体に強く抱きしめられ、鏡面は膨らみ始めた胸に押し付けられて何も映せなくなりました。ただカナイの肌の熱さと打つ鼓動だけが彼女の伝えるすべてでした。それきり、禎嘉王家族と共に在った姉妹の心の内を知ることはできなくなりました。まるで元から感情など無いかのように。

窓のないこの部屋はとても静かです。姉妹たちは様々に何かを映すことがありましたが最近は皆ほとんど沈黙しております。きっと眠っているのかもしれません。時折夢現のような気持がふんわりと流れてくることがあります。

私もいっそしばらく眠ってしまおうかと思う時がございます。眠れば嫌なことも現か夢か分からなくなるでしょう。でも部屋の空調の音がしますとそれが風の音に聞こえるのです。あの山を、村を吹き抜ける風の音に。そうすると私の目は嫌でも覚めてあの家族と姉妹のことを思い出してしまいます。

私もほんの一時ですが共に過ごした人々。思い出せるのが私しかいないのだとしたら思い出しているのも私の務めのような気もするのです。

佳作

「もう一つの、師走祭りのその中で」

阿部凌大

鼓膜を突き破るほどの怒号の群れやけたたましく響く甲冑の擦れる響き、もしくは男達の呻きや嗚咽や時折の低い悲鳴。その声と共に視界の至る所でほとばしるのは血飛沫で、真っ赤な鮮血がそのまま男達の魂をうつしているように、それを傷から噴き出した者から順に倒れていく。目をそらすため幾度も振り返るが、僕はその光景の中心にいたためにそれも無駄な行為に他ならず、吐き気を抑えながら目を瞑るしかなかった。

ただ彼らが、僕を襲うことは無かった。だがそれも当然のことで、彼らは僕の姿を目にすることは無いし、僕の気配を感知することさえも絶対にありえなかった。

互いに刀を振りかざし、戦い続ける男達の群れは大きく二つの塊に分かれる。形勢としては明らかに、片方の圧倒的な不利であり、その光景はもはや、多勢を率いるもう一方の軍勢による蹂躙に他ならない。

一方的な殺戮を受けるこの小さな塊は百済の軍勢であり、彼らの国であった百済は既に攻め滅ぼされていた。ゆえに僕が見ているこの光景は、自分達の国を滅ぼされ、懸命に逃げ延びようとする彼らと、なおも根絶やしにしようとする追手たちの戦景色なのだった。

その時、僅かな人の群れが戦から抜け出、森の奥へと必死に駆け出した。

彼らが何者であるか、僕はなんとなく知っていた。恐らくはこれが百済の王族たちなのだろう。先頭を走る最も年老いた男が禎嘉王、その男の顔立ちとよく似た、少し後ろを走る青年が息子である福智王と思われた。

その時僕の視界が一瞬の暗闇に包まれ、同時に全ての音も消え失せた。そしてまた次の瞬間、僕の周囲に広がっていたのは激しい波飛沫を撒き起こしながら荒れ狂う海であり、近くには二艘の小さな舟が浮かび、そこには先ほどの彼らが乗り込んでおり、身体中をその飛沫や多量の水に浸され、暴風に舟を大きく揺さぶられながら、転覆だけは避けるよう、必死に抗っていた。

運良く追手たちから見つかることなく森を抜けた彼らは、自らの命を、ほとんど天命に任せるように舟に乗り込み、海に出たのだった。片方の舟には禎嘉王が、もう片方には福智王が乗っており、僅かばかりの連れと同じように彼らも舟の縁を掴み、苦痛に顔を歪ませながらなんとか舟の均衡を保っているのだった。

その表情を形作った要因が、身体中を走った傷口に塩水が染みるためであるのか、それとも自分達の置かれてしまった境遇、運命によるものなのか、もしくはこの嵐がまさしく形容しているような、手を緩めることも無く自分達に襲い掛かる不運に対してであるのか、それは僕には分からなかった。だがきっとそのありとあらゆる全てが、既に形も無く混ざり合い、色とも呼べぬほどどす黒い塊となって彼らを飲み込んでいるに違いなかった。

そして僕はもうそれ以上耐えられず、ゴーグルとヘッドフォンをほとんど引きちぎるようにして外し取って床に投げ捨てた。すると僕の前にはまたいつもの、数台のパソコンとデスクが置かれた部屋があった。

「ねーもう、壊れたらどうするの」

僕の足元に転がるゴーグルらを大切そうに拾い上げ、夏帆は半笑いの表情で僕を見た。

「あれ以上見てたら頭がおかしくなるよ」

「まあ、確かにリアリティは凄かったかも」

夏帆の前の画面には、先ほどまで僕がいた光景が今もなお流れ続けていた。

いわゆるＶＲとかメタバース。僕が今行っていたのは、まさにそれらを軸として形作られた仮想現実サービスの一つだった。

現実世界とは全く異なった世界を、インターネットの中に構築すること、それが当初の仮想現実の目的であったはずだが、さらにはそれと共に、この現実世界をもそのままの形で仮想現実として取り込もうという動きがここ数年の間に起こっていた。

それはいわゆる三次元的な地図システムやアプリケーションと同じようなものだった。都市部や景観を永遠に保つべきと思われる地方から順に、それらの三次元的なデータが次々と取り込まれていった。そうすればそれだけでいつどこにいようと、ゴーグルなどを装着するだけで、模擬的にその景色や空間を楽しむことが出来る。

また歴史的な価値を有した土地や場所では、その歴史ごと仮想現実に反映することが望まれた。それ故にあくまで当時の再現ではあるものの、かつてあったとされる伝統や伝説、出来事、事件及び戦争なども体験することが出来たりもするのだった。

つまり先ほどまで僕が見ていた光景も全て、かつて百済で起こったとされるその滅亡から王族たちの逃亡の過程の、再現世界というわけである。

そしてそれは百済の歴史であると同時に、この日本の、ある町の歴史でもあった。

「美郷町の観光部署の人達にもし会うことがあったらさ、作り直させたほうがいいよね。いくら美郷町の歴史をこうして保存して広めていくためと言っても、ここまで生々しくする必要は無いよ」

「ほんとにね。あれ、優が見たかったのってこの後だったよね、まだ見る？」

「うん。けど見るのはさ、もう師走祭りだけでいい」

「分かった今準備する」

この仮想現実サービスでは、祭りなどの伝統行事の保存なども行われており、僕が見たかったのは宮崎県にある美郷町で行われている師走祭りという行事で、機械に疎い僕はこうして夏帆に頼み込み、美郷町の観光部署によって作られたという仮想現実の中へと入っていたのだった。

「さっきの海に逃げ出してた人達ってさ、結局美郷町となんの関係があるわけ？」

「要はあの百済の王族たちがあの後辿り着いたってのが、美郷町ってこと」

「あ、そういうこと。良かったね、無事に逃げられたんだ」

「うーんとざっくり言うと、舟が二艘あったでしょ？　禎嘉王っていう百済の王様が乗っていた方と、禎嘉王の息子の福智王の乗っていた方。二艘はなんとか日本に辿り着いたんだけど、離れ離れになっちゃったんだって。それで追っ手達も海を渡ってまだ追いかけてくるしで、多分安心なんか出来なかったんじゃないかな」

「親子離れ離れで、それでまた追われてってこと？」

「うん。最後にはまた大きな戦いになって、禎嘉王なんかは死んじゃったって」

「嘘でしょ？　あんなに必死に逃げたのに？」

「そうみたい。それで最終的に禎嘉王が落ち着いていたのが美郷町の神門っていう土地で、福智王の方は木城町ってとこの比木ってとこらしい」

大海を渡ってまで懸命に逃げ延びた末がまた無念の死であったことに、夏帆は明らかに表情を落ち込ませていた。

「……だめ、その師走祭りってやつのデータは、まだ入ってないみたい」

「嘘でしょ？　だって美郷町と言えばその祭りのはずで」

「ここ数年師走祭りが行われてないせいかも」

「……あぁ」

数年前から、それまで名前も知らなかったようなウィルスが世界中を蔓延し、僕らの生活はすっかりと変貌してしまった。人類の歴史上、いわゆるこのようなパンデミックは幾度となく繰り返されてきたらしいが、ワクチンなどの対応策はあるものの、結局感染対策のための有効打としては不用意な人と人との接触を避けること以外になく、ありとあらゆる行事は中止を余儀なくされていた。

仮想現実を構成するためのデータとしては、その行事の詳細な写真や映像が大量に必要であったため、この仮想現実化への取り組みも数年前からのものである以上、まだ仮想現実に反映されていない行事が多いのも仕方なかった。

「それでこの美郷町ってさ、優の何なわけ？」

「え？」

「いや、突然こんな知らない町の知らない祭りを見せてくれって言われたから。優の実家ってその辺なんだっけ？」

「ううん。実家は普通にこの辺だよ」

「じゃあ、」

「美郷町は、父親の故郷なんだ」

途端、夏帆の顔が曇った。思えば自分の父について夏帆に話したことは、一度か、二度しかなかったかもしれない。きっと僕はその時、明らかに父を嫌悪の対象として取り扱い、その匂いを夏帆は敏感に嗅ぎ取ったのだろう。そしてそれから僕がほとんど故意的に父の話題を避けてきたが故に、夏帆はそれを僕の地雷として、認識してきたのだ。

「父親の話ってさ、したことあったたっけ？」

僕の父は、最低な人間だった。

簡単に言えば丁度十年前、父は多額の借金を作り、どこかへと消えた。

父と母の怒鳴り合う声に、当時まだ十にも満たなかった僕は目を覚まし、幼いながらもなんとなく、父が莫大な額の借金を作っていたことを知った。そして気づけば周囲を借金取り達がうろつくこととなり、耐え切れなくなった僕達は、逃げ出すことにしたのだった。

「いいか？　優。俺といたらお前や母さんにえらい迷惑をかけるからよ、俺は消えるぞ。けど安心しろ。お前と母さんが安全に暮らしていける場所はもう探してあるし、その間に俺はよ、どっかで借金全部、返しとくから。だからお前らはもう、安心しておけよ」

そう言って父親は僕の頭をわしゃわしゃと撫でつけ、まるで何の責任も感じていないような屈託のない笑顔を僕に浴びせた。自分のせいで家族が離れ離れになるのに、自分のせいで妻と息子が引っ越さなくてはならないのに、せっかく出来た仲の良い友達とも僕は別れなくてはならないのに、父は笑っていた。

「いいか？　十年だ。十年で俺は全部どうにかしてくる。だからよ、十年後、俺の故郷の師走祭りで会おう。禎嘉王と福智王の魂が、年に一度再会する祭りだ。そこで俺とお前が再会するんだ。どうだ？　ロマンチックだろ？」

そんな言葉を最後に、父はどこかへと消えていった。

父からは度々仕送りが届いているようだったが、きっとそれも十分な量とは言えなかったのだろう。生活に苦労する母の姿を見るのも、一度や二度では無かった。

「その十年後の師走祭りっていうのが、今年なんだ。まあ今調べたら感染対策で今年も中止になるみたいだし、けどほんのちょっとだけ、なんとなく気になったから夏帆に見せてもらおうと思っただけ。ごめんね、わざわざ色々設定とか調べものとか、」

「行くべきだよ」

夏帆はじっと僕を見つめ、そう言った。

「……だからさ、どうしようもない父親なんだよ。最低で糞野郎で、大嫌いな、父親なんだよ」

「けど会いたいんでしょ？　会いたいから、こうやってわざわざ調べてたんじゃないの？　そしたら、行くべきだよ」

夏帆のその言葉が後押しとなって、僕は決断することが出来た。

実を言えば既に美郷町への行き方なんかも調べていて、行くとすれば飛行機が最適解であるということを知っていた僕は、すぐにそのチケットを手配した。聞けば夏帆もついて行きたいと言ったため二枚取ったが、ウィルスの蔓延が続くこのご時世故に、何の苦も無く行き帰りと手にすることが出来た。


あっという間にその日は来た。東京から宮崎までの飛行機は二時間足らずで飛べるらしく、宮崎空港には正午少し前に着いた。

宮崎空港から特急電車に乗り換え、約一時間ほど走った。海沿いを多く走るその特急電車の窓からは、どこまでも澄んだ青空の中、降り注ぐ陽射しに穏やかな波の起伏を細やかに燦々と輝かせる海景色を眺めていることが出来た。まだ一月の下旬にも関わらず、その景色はまるで春の訪れを錯覚させるようで、それは僕らのいる都市部で続く灰色の空とは随分な違いだった。窓を少し開けると、その隙間から差し入ってくる空気はまだ冷たさを帯びてはいるものの、どちらかと言えば長旅で火照り始めた僕らの肌を冷やす、心地の良い風に違いなかった。

栄えた空港近くから、電車が進むにつれ少しずつ目に映る緑の面積も増えていく。時折山肌を切り裂いたように伸びる線路の上を電車は走り、木々の枝葉や梢の隙間から漏れ入る光もまた、僕らに清々しい輝きをみせた。

目的の日向市駅というところに着くと、今度はバスに乗り込む。一日に飛行機、特急電車、バスと、なんだか贅沢だねと夏帆は笑った。もしも今日が僕一人での旅であったなら、朝早くから昼過ぎまでの半日足らずのこの移動だけで、きっと随分と神経を疲弊させていただろうと思う。だから隣で笑い、僕の緊張をほとんど和らげてくれる夏帆の存在が、どこまでもありがたかった。

「やっぱり空気が違うよねー」

バスの窓を僅かに開け、マスクから鼻だけを出しながら、また夏帆が言った。

「そう?」

「そうだよ。東京じゃこんな空気吸えなかった。なんていうか、透明で、全然質量が無いみたい」

「……当たり前じゃない? 透明も質量も」

「けどさ! 時々感じない? 適当に道歩いてて、なんとなく目の前が濁って見える瞬間とか、ものすごい重たくてうっとおしいものが、肩の上に乗っかってるみたいな感覚とか。そういうものがさ、きっと無いんだよここには」

少々言い過ぎではないかとは思ったが、夏帆の言わんとしていることはなんとなく、分かる気がした。豊かな海や自然など、潤沢なものに恵まれたこの土地は、訪れる人々が抱える些末な悩みや葛藤など、全て包み込んで限りなく希釈してくれるような空気感に満ちていた。

そしてそれは図らずもあの妙に自信や快活さに溢れた、あの父親を僕に思いださせる。

父親のルーツ、同時に僕にとってのルーツ。バスが美郷町に近づくにつれ、膨れ上がっていくこの高揚の正体を、僕はまだ掴みかねている。

一時間弱のバスに揺られ辿り着いた美郷町は、広大な山々に囲まれた土地だった。それはむしろ山々の隙間に広がった僅かな平地に、家々を置いていったような趣であり、活発な農業を営んでいるらしい広い田んぼが平地のほとんどを占めているようでもあった。

辺りの山々からは鳥の声が響く。一瞬だけマスクを外し、ゆっくりと息を吸うと、芳醇な空気が僕の肺を満たした。隣を見れば夏帆も同じように心地よさを味わっている。バスを降りてまだ数分足らずではあるが、既にどれもこれも、とても仮想現実の世界では味わうことの出来ぬ体験だった。仮想現実の世界にはまだ鳥もいなければ、呼吸する概念でさえも無いかもしれない。

きっと僕はこれまで頭の中で、父親に対する憎しみや嫌悪を、そのまま父親の故郷である美郷町に対してもまた向けてきたのだろう。それは無意識下のことではあったにせよ、違いないだろうと僕は今気づき、思った。

だけどここ美郷町の風景や空気は、一瞬にして僕からその思いを拭い去ってしまったようだった。僕が恨むべきは父親だけで、別にこの土地は何ら関係が無いのだ。恐らくはこんな僕の無礼も、懐の深いこの土地は表情も変えずに許してくれるのだろう。腕時計を見れば、約束である師走祭りが本来開かれる時間帯まで、まだいくらかの時間があり、僕と夏帆はひとまず辺りを観光することに決めた。

「ねえ、あの人」

夏帆の指先を見ると、そこには僕らと共にバスを降りた一人の男性が立っていた。

その男性は何故かマスクをしておらず、車内でも少し浮いていた。だがそれはその男性が、日本では無いどこかの、恐らくはアジアの人種であることが理由なのかもしれない。その男性は宮崎空港から僕らと同じ特急列車、バスに乗ってきていた。それが限りなく僅かなものであるにせよ、父親が同じ交通手段でこの町にやって来る可能性を、僕は心の片隅で飼い続け、車内の他人をじっくりと観察していたのだった。

いくら別れてから十年という年月が経っているとはいえ、その男性が父親でないことは明らかだった。

彼は一枚の紙きれのようなものを時折ポケットから取り出しては、辺りを見回し、それは明らかに何かを探しているようだった。

だが誰か人に訊ねようにも、男性は近くを通る人の顔を随分と凝視し、不審がられ、避けられている様子だったから、男性が誰かから助けてもらえる見込みは無さそうだった。

「優、あの人、困ってるみたい」

「うん」

ただでさえ自分一人で抱えきれないような恨みつらみの厄介事を抱えているのに、これ以上増やす必要などなく困っている人の一人や二人、無視してしまえばよかった。だが気づけば僕の足は男性のもとへと近づき、丁度向こう側を見ていた男性の肩を後ろから叩くと、何かお困りごとですかと、出来るだけ優しい口ぶりで話しかけていた。

「し、わす、まつり、に、きました」

目を丸くし、こちらを覗く男性はやはり日本人では無かったらしく、たどたどしい口調で懸命に言葉を発していた。

し、わす、まつり。はまず間違いなく師走祭りだろう。男性の日本語使いは、よく一人でここまでやって来たものだというレベルで、円滑なコミュニケーションや細かな内容の会話などはとても無理な話だった。

だがいくらかの苦労を経て、その男性が韓国からやって来たらしいこと、そしてどうやら子供を探しているらしいことが分かった。前者は彼の口から不意に飛び出した韓国語の単語を、夏帆がたまたま知っていたことから。また後者は彼が何度も「こど、こどもにっ、こどもに、あいに、きました」と繰り返すことから推察された。

彼がなぜ子供と別れてしまったのか、またなぜここ美郷町の師走祭りが再会の場に選ばれたのか。また目の前の男性の境遇と自分には奇妙な縁があるように思われ、僕はどうにか彼の再会の助けをしたいという思いと共に、彼にどうやって伝えるべきかということに悩んだ。彼の求める師走祭りは、今年は開催されないということを。

「親子の再会となると、タイミングとしてはやっぱり迎え火しかないと思うんだ」

僕の言葉に夏帆も頷く。師走祭りというのは、三日に渡って行われる行事だった。一日目、福智王の御神体を担いだ一行が比木神社を出発し、途中出迎えの者も加わりながら、禎嘉王の待つ神門神社へと至る。その後二日目は神事などを行い、三日目には再び福智王の御神体は神門を発ち、比木へと戻る。簡単に説明すれば師走祭りとはこのような流れで行われる。

そして一日目、福智王ら一行の行進の終盤、彼らの歩く道の両側では二十数基の櫓が燃え盛っており、そんな猛炎の饗宴に挟まれ、出迎えられながら、一行は神門へと辿り着くのであり、そんな炎景色がいわゆる迎え火と呼ばれていた。

年に一度の福智王禎嘉王の再会になぞらえ、離れ離れの親子の再会となればこれ以上うってつけの場所はあるまい。僕はこの男性が子供と再会するとなればこの迎え火のタイミングがまず間違いないと思ったし、同時に僕と父の再会も、その迎え火の最中だろうと思った。

本来師走祭りがあるとすれば迎え火は夕方の六時頃のはずで、僕はひとまずその時間と場所を、男性に伝えておくことにした。腕時計を指さし、出来るだけ単純に、はっきりとした発音を心がけながら、六時と、そして指を差し、あの辺りにいればいいと示した。

すると無事に伝わったのか、男性は嬉しそうな笑顔を見せながら僕に何度も頭を下げ、そしていそいそと僕の指差した方向へと歩いていった。

夕方の六時まではまだ数時間あったが、なにせ大切な子供との再会だ、どれだけ早く行って待っていたいのだろう。

「僕も時間になったらあの人と同じ場所に向かいたいんだけど、いい？」

「うん。勿論」

僕の気持ちなど全て分かってくれているのだろう。夏帆はまた頷いてくれた。

「まだ時間あるけど、それまでどうしよっか」

「私、どっか高いところ行きたいな」

「高いところ？」

「うん。せっかくこんな自然や景色が綺麗なところ来たんだし、もっと高いところ登って、この町の全体とか、のんびり眺めたいなって、まだ明るいうちに。たとえば、丘？　みたいな」

「丘？」

丁度近くにあった美郷町の観光看板を見ると、一つだけ丘を見つけることが出来た。

「ああ、あそこだ。恋人の丘ってとこ。確かにあそこだったら景色綺麗だと思うよ」

今いる位置からある程度の距離はあったが、行ってしばらく景色を眺め、戻ってくれば、時間的にも丁度いいのではないかと思われた。


丘のためいくらか登らねばならなかったが、登りきったそこには六角形の形をした、小さな東屋があり、どうやらそこが目当ての恋人の丘のようだった。恋人の丘からは美郷町の南の、南郷と呼ばれる地域を一望することが出来た。

わざわざこのタイミングで観光にやって来る人々も稀なのだろう。道中や他の美郷町内と同じく、辿り着いた恋人の丘にも僕ら以外の人間はおらず、ほとんど高台から見下ろす景色を独占することの出来る形となった。

ウィルスも人の気配の無さも、この広大かつ優美な山林に囲まれた景色を、一縷たりとも濁らせることは無いようだった。風に揺れる木々の音と鳥の声は混じり、降り注ぐ暖かな陽の光が、町の家々の屋根瓦や田畑の表面を、どこまでも鮮やかに照らしている。

「あのさ、ここって、」

「うん」

初めこそ景色に感嘆の思いを弾けさせていた夏帆だったが、[illegible]ばらくすると何やら口ごもり、恐る恐るといった様子で口を開き始めた。

「えっと、いや、ごめんなんでもない」

「なに？　気になるんだけど」

「……いや、そうだ、その鐘、鐘なんだけど、」

夏帆の指の先を見ると、そこには一対の鐘があるのだった。

「その鐘はね、韓国から、送られたものなんだって」

「……韓国」

かつて百済のあった場所は、現在韓国となっている。故にその鐘は友好の証として韓国から送られてきたものらしい。

「……ごめんまだちょっと早いけど」

「やっぱり気になるよねあの人」

僅かばかりの滞在を終え、僕らは引き返し、あの男性のもとへと向かった。

彼は、僕の示した小道に、ただじっと立ち尽くしていた。その小道を挟む両脇の田の上に、本来であれば櫓が組まれ、迎え火が焚かれているはずだったが、今日この日は彼一人だけをそこに置いて、ゆっくりと日は沈み始め、小さなその身体を夜に沈めてしまおうとしていた。

彼は時折辺りを見回し、誰か来ないかと待ち続けている。手元にはやはり小さなその紙があり、それを見つめる彼の顔は、まるで祈るようでもあった。

彼の姿を遠目に見つめながら、少し離れた位置に座り込み、僕もまたその時間を待った。

無意識に僕も時折、周囲の様子を窺ってしまっていた。父親がここに来ること、父親と再会出来ること、また父親があの約束を守ってくれることを、今僕が望んでいるのか、僕は自分で自分がよく分からなかった。

ただもしも今ここに人影が近づいてきたなら、その時僕はきっと、心の奥底に力を込め、祈ってしまうのだろう。

その影は大きくあってほしい。少なくともあの男性の子供のような小さな影では無く、いや、あの男性の子供が、幼い子供という意味の子供を指しているわけでは無く、既に十分に大きくなった自分の子供を指している可能性もあるが、少なくともその影は、僕の父親と同じ程度、大きくあってほしい。そうすればその影が目前にまで近づき、その顔形をくっきりと僕にみせるその時僕は祈ったままでいられる。

けれど僕の父親は来ない。その結論は初めから分かっていた。

腕時計の針は、既に六時半を過ぎていた。完全に陽は暮れ、その景色ごと美郷町は夜に包まれていた。

彼はまだそこに立っていた。僕と同じく、彼のもとにもやってこなかったらしい。もし誰かがここに来るなら僕の父親をと願う一方で、せめて彼の子供だけでも無事にやって来てほしいという矛盾した思いも胸の中にはあって、そのどちらもが成就しないという悲しみは、鈍い痛みを僕の中に広げていた。

「声だけかけていこうか」

そう言って僕は夏帆をつれ、彼のもとへと歩いた。彼の表情には、落胆と憔悴が色濃く入り混じり、満たされていた。

男性は近づく僕らを見て一瞬表情を明るませたが、すぐに先ほどの僕らだと気づいたのかまたその顔を戻した。

「いつまでこの町に？」

「……あし、た、かえります」

やはりこの男性も初めから、迎え火のある一日目を約束の日付として捉えていたのだろう。韓国をたつ前に宿の予約も済ませていたらしく、彼の言うその名前の宿まで送っていくことにした。

随分と重いその足を、引きずるように僕らは歩いた。そうやって歩いていると、「いいか？　十年だ。十年で俺は全部どうにかしてくる。だからよ、十年後、俺の故郷の師走祭りで会おう。禎嘉王と福智王の魂が、年に一度再会する祭りだ。そこで俺とお前が再会するんだ。どうだ？　ロマンチックだろ？」という父親のあの時の声が、何度も僕の頭の中では繰り返されるのだった。

あの約束が交わされた時、僕はもっと詳細な、師走祭りのいつどこで再会するのか、聞いておくべきだったと思う。そうすればきっと今頃、きっぱりと諦めることが出来ていたのだ。もしかしたら明日か明後日か、まだ師走祭り中の、僕が意図してもいなかったようなおかしなタイミングで、不意に目の前に父親が現れてくれる、そんな僅かな望み、すがりを、捨てきることが出来ていたのだ。

「優、あそこがこの人の宿だって」

その時、その夏帆の言葉に、全身を大きく震わせるようにして男性の俯いた顔が上がった。

「……ユウ？　ユウ？」

彼は夏帆や僕の顔を交互に見縋り、ユウ、ユウと何度も僕の名前を繰り返した。

「……あな、たは、あなたが、ユウ？　ユウ？」

それがなんだというのだろう。丁度僕らの真上にあった街灯が、僕に縋り付き、見上げる男性のその表情を照らした。そこに今度浮かんでいたのは、ほとんどの諦めと、そこに僅かに混じる一粒の希望だった。

マスクを外せと促され、それに従い、彼に僕の素顔を晒すと、その瞬間彼の表情はじっと固まり、そして次の瞬間には、彼の目元から大粒の涙が溢れ始めた。

「よかっ、た、よかっ、た、あなたが、あなたがユウだ、にて、いる、にている」

彼はポケットからあの小さな紙を取り出し、僕に見せる。街灯のおぼろげな明かりの下、ようやく分かったそれは一枚の古い写真で、そこに写っていたのは、幼少期の僕の姿だった。

「……どうして？」

「そう、かぁ、わたし、ばかだから、わすれて、いました。じゅうねんも、たったら、あなただって、こんなに、おおきく、なる」

「なんであなたが、この写真を？　僕を探して？」

「あなたの、おとうさんに、わたし、おせわに、なった。とっても、たすけて、もらった」

「父が、あなたを助けた？」

「あなたの、おとうさん、かんこく、きてた。はたらき、きてた。そのとき、わたし、たすけてもらった。だから、おんがえし、したくて、わたし、きょう、ここに、きた」

父は韓国に行っていた。知らなかった情報が、彼の口から飛び出して来る。でもどうして、父ではなく代わりにこの男性が、この場所に来ているのだろう。

「おかね、かえすため、あなたのおとうさん、いってた。それでなんねんかまえ、かえした。ぜんぶ、かえしたって。けど、あなたのおとうさん、しんで、しまった。びょうきで、しんで、しまった」

「…………」

「おとうさん、ずっとこのしゃしん、みてた。やくそくがあるんだって、きょう、この、しわす、まつりで、あなたと、ユウと、あう、さいかいする。だって。けど、だめ、だったから。かわりに、わたし、いこうって、きめた。だから、わたしが、きた」

頭がうまく、回らなかった。

父が韓国にいたことだけじゃない。父があの約束を、守ろうとしていたこと、そして父がもう亡くなっているらしいということ。

「あなたの、おとうさんは、こまってる、ひとを、ほうっておけない、ひとでした」

分かっていた。父親はそういう人間だった。だからこそ、あんな借金なんて作ってしまったんだ。もう父しか頼りの無い、頭を抱えた友人を助けるための、借金がそれで、結果その友人に自分が騙されていたことを知ってもなお、父はそれでも良かったと、平気で笑えるような人間だった。きっと今僕の目の前にいるこの男性を助けるため、父はまた同じように自分の幸不幸も勘定などせず、ただ、助けたのだろう。

「あえて、あえて、よかったあ、あなたも、あなたのおとうさんと、おなじくらい、やさしい、にんげんです」


美郷町から帰った僕は、またゴーグルとヘッドフォンを手にしていた。

「もうちょっと待ってね」

画面を睨む夏帆はまた僕の頼みのためにキーボードを打ち込み続ける。

「帰ってきたばかりなのにごめんね」

「いいよー、私も美郷町行きたかったし」

「夏帆がいなかったら多分こんなふうに行けなかった。ほんとにありがとう」

「いえいえ」

「夏帆、僕夏帆のこと好きだよ」

「……え？」

夏帆の手が止まり、こちらをじっと見る。

「ごめん、なんか言いたくなって」

「……いや、てかそれってさ、恋人の丘で言えば良かったんじゃない？」

「やっぱり？」

「うん、てかそんな雰囲気多分私出しちゃってた」

「僕も多分ちょっと感じ取っちゃってた」

「……ま、いっか、また今度行けば」

「うん、また今度行けば」

夏帆はまた画面に目を戻し、腕を動かし始める。

「僕思うんだけどさ、来年はきっとさ、師走祭りも復活するよ」

「うん」

「コロナの時もそうだったらしいし」

「コロナ？　ああ、もう何十年前の話それ」

「二十年代だって。あの時も数年は中止だったけど、それ乗り越えて、復活したんだって。だから今回のウィルスだってきっと、おんなじだよ」

「だね。……よし出来た！　もういけるよ」

僕の立つ小道の両脇には、僕の背丈など優に超えるほどの櫓が轟々と燃え盛りながら連なり、凄まじい煙を上空へと放ちながら、時折各部では弾ける音が響いた。

揺らめく炎らの形作るその道の奥に、人影が一つある。

それは父で、ゆっくりと僕は父と向かい合う。この迎え火もこの父の姿も、仮想現実内の美郷町に追加してもらったものだった。

僕より少し背の高い父が、僕に向かい微笑む。次第に滲んでいく僕の視界を振り切るように、僕はまた一歩二歩と歩き、両腕を広げ迎え入れるその父の胸の中に、飛び込み、父と強く抱き合った。

左右で未だ燃え続けるその炎の連なりは、たとえ触れようとも熱さなど感じはしないだろう、そんな世界の中ではあったが、ただその時だけは、温かった。たしかに、温かった。

一次審査通過作品

「金の飴」門武鸞
「君の住む町で」伊地知順一
「望郷の剣」角文雄
「ゴッドブレスユー（GOD BLESS YOU）」ハルノヨウジロウ
「MISATO」稲本正
「レプリカ」いっき
「靴が鳴る」中野七海
「逆縁の舞い」内村光寿
「揺れる天秤」花簞霧子
「百済王子２６６０」荻サカエ
「故郷にて」やせん
「雲、ひとひら」紫陽花
「鏡の旅」涼風鈴
「ドンタロ様と河童の日」東紀まゆか
「左様ならば」秋月七映
「王の犬」黒井友
「その灯が消えないように」阿井千尋
「かざのもりびと」潮路奈和
「私の姉妹」羽鳥郁
「もう一つの、師走祭りのその中で」阿部淩大

【お知らせ】

第4回「西の正倉院 みさと文学賞」受賞作品がラジオドラマ化

令和4年12月31日（土）、MRTラジオにて、第4回「西の正倉院 みさと文学賞」優秀賞（MRT宮崎放送賞）受賞作品「海笑う」のラジオドラマが放送されました。

「西の正倉院 みさと文学賞特別番組 ～海笑う～」
原作：林野浩芳　脚色：新井まさみ

YouTubeでも視聴可能です。ぜひご視聴ください。

https://www.youtube.com/watch?v=MAV8DSXJS9M

第5回「西の正倉院 みさと文学賞」作品集

2023年　4月 21日　　初版発行

編　　　者　「西の正倉院 みさと文学賞」実行委員会
（宮崎県美郷町、MRT宮崎放送）

装　　　幀　孝学直

協　　　力　一般社団法人日本放送作家協会

後　　　援　宮崎日日新聞社

企業版ふるさと納税協力企業　株式会社イワハラ、株式会社アップス、株式会社創建、株式会社ケーブルメディアワイワイ、株式会社南日本環境センター、株式会社アブニール、大正測量設計株式会社 宮崎支社、株式会社長田建築企画設計事務所、江坂設備工業株式会社、株式会社 Indigo、行政システム九州株式会社 宮崎支店

販　売　部　五十嵐健司

編　集　人　鈴木収春

発　行　人　石山健三

発　行　所　クラーケンラボ
〒101-0064 東京都千代田区神田猿楽町2-1-14 A&Xビル4F
TEL　03-5259-5376
URL　https://krakenbooks.net
E-MAIL　info@krakenbooks.net

印刷・製本　中央精版印刷株式会社

ISBN 978-4-910315-25-6